# \ 倒數計時！/
# 學科男孩⑤

## 道別的時刻!? 一決勝負的期末考

一之瀨三葉・著
榎能登・繪
王榆琮・譯

時報出版

# 目錄



自然 社會 希望 明日

# 人物介紹

姓名 **花丸圓**

小學 5 年級。雖然努力唸書，
但成績一直不太理想。

姓名 **數學計**

小學 5 年級男孩。誕生自數學課本，
言行有一點粗魯。

姓名 **國語詞**

小學 5 年級男孩。誕生自國語課本，
個性體貼又可靠。

姓名 **自然理**

小學 5 年級男孩。誕生自自然課本，
非常喜歡動物和植物。

姓名 **社會歷**

小學 5 年級男孩。
誕生自社會課本，
很懂歷史和地理的知識。

姓名 **成島優**

花丸圓的好朋友。在班上擔任班長，
考試總是能考滿分的資優生。

# 1　新年快樂!!

**「哇～人真的好多喔！」**

通過神社的鳥居後，我忍不住驚呼。

我是**花丸圓**，是小學五年級學生。

今天是一月一日元旦，我和**「家人們」**一起去附近的神社新年參拜。

「現在也才不過早上六點而已，沒想到卻已經開始人擠人了。」

我們排在參拜隊伍的最後面，小歷也接著說。

「就是說啊。為了避免走散，小圓還是靠過來一點吧。」

**「咦？」**

我才被小歷的話嚇了一跳，他的手就直接伸過來搭在我的肩膀上了。

他大大的手輕柔地蓋在肩膀上時，嚇得我整個人跳了起來。

「等……等等，小歷!?」

「小歷你好詐喔，我也想保護圓圓啊！」

我身邊另外一側傳來小理的聲音。

小理像是故意要跟小歷唱反調一樣，雙頰氣嘟嘟地抱住我的手臂。

哇，這下我們兩人的臉幾乎要貼在一起了……！

「等……等一下等一下，我不會離開你們兩個，你們放心啦！」

「是啊」，我的身後忽然有人用爽朗的聲音說話。

「所謂的『不即不離』，就是像小圓現在這樣，跟大家保持著不會離開彼此的距離。」

清爽的風吹拂著烏黑的秀髮，配上他那開朗的笑容。

小詞微笑的模樣，讓我的內心產生幸福的感覺。

……**什麼不急不梨？**我聽不太懂意思就是了……

小詞接著說：「對了。」

「小歷、小理，說起怕小圓會走失，不如也請你們多注意一下『這邊』。」

**咦？這邊是哪邊？**

「……」

小詞的視線所看的「這邊」就是小計本人。

他的雙眼已經瞇成兩條細線。

而且嘴巴凹起來緊閉著，並且還抱雙臂站在那邊。

「咦？小計……是不是生氣了啊？」

「……」

「……喂—有在聽嗎？」

「……」

對著小計說話，用手在他的面前揮舞，他都不理我們，完全沒有動靜。

呃……有人生氣會氣成這樣的嗎？

「他這樣是**睡著了**吧？」

「看來沒錯，他的身體還真是靈巧耶。」

小歷與小理面露佩服地觀察著小計。

「咦？他現在是站著睡覺!?」

實在太令人驚訝了，所以我仔細盯著小計看。

因為我明明每走一步，小計也在後面跟著走。

停下腳步時，小計也會跟著停下來。

……他這樣真的有在睡嗎？

我是知道他不習慣早起……但能邊走邊睡，真的可以算是到了特技的境界。

……啊，對了，我來介紹一下。

這四位很有個人風格的男孩是我的「家人」！

個子很高，而且有點輕浮的男孩是**社會歷**。

笑容讓人感到親切的男孩是**自然理**。

穩重有禮貌的男孩是**國語詞**。

還有，那個站著睡著的男孩是**數學計**。

他們四人加上我，還有跟「不喜歡混在人群當中」而留在家裡的奶奶，六個人一起生活著。

雖然我說他們是我的家人，但男孩們跟我沒有血緣關係。

……因為，他們不是**真正的人類**。

——他們真正的身分是「學科男孩」。

簡單來說，我的數學、國語、自然、社會課本變成人類男孩的模樣。

在幾個月前，因為我最喜歡的媽媽突然過世，我在覺得自己失去一切的情況下丟掉了課本。

就在這個時候，這四名學科男孩突然出現了。

還有啊，他們不只是從我的課本化身成為人類，聽他們說，居然還要「根據我考試的分數來延長壽命」。

雖然一開始我不相信，但之後我開始每天用功讀書，也和他們一起度過各種難關……

結果在不知不覺間，他們對我來說已經變成無可取代、如同「家人」般的存在了。

「快輪到我們了喔。小圓，妳決定好要許什麼願了嗎？」

小歷這麼一問，我馬上就用精神飽滿的聲音回答：**「決定好了！」**

因為今年我有一個非常想要實現的願望！

雖然我本來還有「希望能吃布丁吃到飽」「希望可以買到電玩」之類的，其他還有好幾十個願望……

但今年我決定全部都忍下來，只求一個願望能實現就好。

「啊，已經要輪到我們了！」

小理大聲地說。

「小龍也要好好許下願望唷。」

小理對自己肩膀上待著的變色龍小龍溫柔地說著。

於是，我們五人（加一隻變色龍）開始穿越過前面的人群，並且向前踏出一步。

首先，要投入香油錢。

**咔噹、咔噹**。

搖鈴噹後，鞠躬兩次。

**啪、啪**。

拍手兩次後，閉上眼睛。

（……神明大人啊，新年快樂。今年我的願望只有一個。）

合掌時，我用力地抓著雙手。

**（希望我們一定能成功找到方法，讓男孩們「成為真正的人類」……！）**

我誠心地許了這個願望。

而且還反覆祈求。

（……神明啊，請讓我的願望實現吧。）

我再次低頭鞠躬，然後從功德箱前離開。

# 2 不吉利的籤詩

參拜結束後，我們在神社裡走著走著，看到神社的辦公處旁邊有個抽籤區。

「啊！那裡可以抽籤！我們要不要去抽抽看？」

「好啊好啊！」我找男孩們一起去抽籤，大家也都表示同意。

（好！我一定要抽到大吉，這樣今年一整年都會有好運氣！）

於是，我幹勁十足往抽籤區走去。

把錢投進收費箱後，我把六角形籤筒拿起來不斷地搖。

**（讓我抽到大吉吧～大吉～大吉～！）**

我同時也在心裡祈求著……

喝！我把籤筒整個倒過來。

「18號！」

根據掉出來的籤號，我去相同號碼的架子上取出一張籤紙。

（接下來～看看我今年的運勢會怎麼樣……？）

OPEN。

把摺好的籤紙打開來，我看到的是——，

**凶**

（……咦？）

看到這一個字跑進我的視線當中後，我當場暫停了呼吸。

咦……？

咦咦咦咦咦？

（凶凶凶凶……凶!?）

我再三確認籤紙上的內容，但那個字怎麼看都不會因此改變。

接著我的雙手開始不停顫抖。

**騙人……怎麼可能……！**

我抽籤從來都不會抽到「凶」的！

偏偏還是在今年抽到……！

就在我因此手足無措的同時，突然聽到身邊傳來小小的慘叫聲。

**「怎麼會……竟然是大凶!?」**

小計拿著籤紙的雙手正在不停發抖。

剛才本來還一副恍惚睡眼的模樣，也因此睜得又圓又大。

「咦？小計抽到大凶了嗎……？」

「嗯……請節哀順變。」

「小計，我會替你完成遺志的……」

另外三個男孩一本正經地開始對著小計合掌膜拜。

「喂、喂！你不要再拜了！不要用像是有人死掉的眼神看我——！」

小計氣到整顆頭的頭髮都豎起來了。

至於站在旁邊的我，只是偷偷地嘆氣。

（小計抽到大凶啊……）

不過，就連我也是抽到凶呢……

我獨自垂頭喪氣地看著籤紙的模樣，馬上就被小詞注意到了。

「小圓，難道妳也抽到壞運氣的籤嗎？」

「……嗯，是凶……」

我回答了之後，其他男孩聽了都回過頭來看著我。

嗚……，你們不要用這種令人尷尬的眼神看我啦……！

**「沒關係的，小圓。」**

小詞溫柔地對我說。

我有些擔心地抬頭看著小詞，而小詞則是微笑並低著頭看我。

「日本抽籤的漢字我們會寫作『御神籤』或『御御籤』[註]，是一種『傳達神明訊息或建議的媒介』，不一定是預言將來一定會發生的事情。」

「咦？是這樣嗎？」

我還以為抽到「凶」，是在預言以後會有壞事發生。

聽了小詞這麼解說後，我稍微放心了一些。

「也就是說，籤詩就像是**神明給我們信**的意思囉？」

小詞聽完我說的話，點了點頭。

「在看了籤紙上的訊息後，接下來就是個人解讀上的問題了。當妳抽到表示厄運的籤時，可以當作自己必須謹記**籤紙上的建議**，只要小心過生活就能避開災害。抽籤不是只有根據吉凶來讓自己開心或煩惱，好好解讀籤詩的建議才是最重要的喔。」

「嗯、嗯……，我知道了……」

聽完小詞的說明後，我還是很擔心地將視線重新往籤紙上看。

註：台灣民間信仰當中，籤詩如果根據用途來分，可以分為三大類：運籤、年籤、藥籤。

寫著「凶」字的下面，還有一行小小的文字。

（嗯～上面是寫什麼啊……？）

**○學業 將有所成果，凡事全力以赴**

「啊，上面寫學業『有所成果』！」

**既然是這樣，那結果算是不錯吧？**

畢竟神明都說「會有所成果」了呀！

（好！那我就按照這個建議，回去念書就要「全力以赴」囉！）

我的心情一下子就振奮了起來。

只要我能好好用功念書，就有美好光明的未來啦！

現在我的內心輕鬆了許多，接著趁著這個好心情繼續往下看其他說明。

**〇健康　不勉強自己，多休息**

（嗯嗯，就是要我別逼自己太緊的意思。要把健康放在第一位！）

**〇戀愛　正視自己的心意為首要之務**

（嗯～戀愛啊……現在應該還輪不到我吧……）

**〇失物　只要走回頭路，必定能找回來**

（是在說被我弄丟然後不見的東西嗎？大概三個月前，有一瓶彈珠汽水掉進書桌旁邊，我看是時候要自己出來了吧……沒發霉的話倒是無所謂……）

上面雖然寫著凶，但下面的說明卻意外地不算太差呢。

還真的像小詞說的那樣，最重要的關鍵就是好好讀過一遍籤紙上的說明。

好，繼續把最後的說明看完吧……

**〇人際 別離後，將開創自己的未來**

噗嗵！

看了最後這一行說明，瞬間讓我全身感到一股寒意。

**（別……別離……!?）**

——別離。

我的視線緊緊盯著這兩個不吉利的字。

而心臟的跳動也跟著越來越激烈。

腦袋裡突然浮現的事情就是——關於男孩們的現狀。

雖然男孩們看起來就跟一般人類沒兩樣，但他們其實還是有所謂的**壽命**。

而且當他們的壽命即將結束時，身體會開始變透明，本身的存在也會因此變得很不安定。

所以，我才會下定決心一定要找出「讓這群男孩成為真正的人類的方法」。

讓他們的壽命從此不會被我的考試分數所影響。

然後——**我們才能一直生活在同一個屋簷下**。

可是……

（不會吧……對，**應該不會變那樣吧……？**）

「圓圓，妳怎麼了？」

小理一臉擔心地把臉湊了過來。

「沒……沒事！什麼事也沒有！」

我慌張地搖了搖頭，同時把籤紙摺了起來。

我覺得這個內容，還是別讓男孩們看到會比較好。

「小圓，要不要把籤紙綁起來？」
小歷在「綁籤處」的招牌前準備將自己籤紙綁起來。
「對喔，如果抽到凶的話，可以到那邊綁起來再回家。」
聽說把籤紙綁在神社裡，可以破除不好的運氣。
我看到綁籤處那裡，已經先被別人綁了一大堆籤紙了。
「其實啊～神社本廳公告的意見是可以作為參考的。所以不管抽到的籤是吉是凶，都可以綁在這裡。如果想帶回家，方便自己確認籤紙內容也是可以的。我現在要把自己的綁起來了，那你們又打算怎麼處理呢？」
「我也要綁起來！」
「我想要多看幾眼，所以會帶回去。」
「原則上我也會綁起來……但抽籤算命一點也不科學，所以我才不信這種東西。」
「哈哈哈，你在說什麼啊～我們的存在本身就已經不科學了啊～」
小歷聽了以後，邊走邊笑著小計剛才說的那些話。

其他男孩們也跟著笑了起來。

（……我要不要也去把籤紙綁起來啊？）

我有點猶豫，所以也跟了過去。

雖然我不知道哪種處理方式才是正確的，但只要能讓運勢稍微變好，我就覺得自己應該跟著去把籤紙綁起來！

「有沒有其他可以**讓運氣變好的方法**啊？像是能討點吉利之類的……」

在回家的路上，我這麼問男孩們。

因為我的腦裡一直無法忘掉籤紙上的「別離」……

反正我現在就是想要試試看各種可以消除壞運、提昇好運的方法。

「當然有囉！」

小理直接把手伸了起來。

「說到代表吉祥的樹木，那就是『松竹梅』了。像正月時裝飾的門松上，不是也有竹子跟松樹葉子嗎？」

「啊！這麼說來真的有耶。我們家每年過年，的確都會在門上掛上門松這樣的年飾。」

ＯＫＯＫ～就是門松了。

然後小歷也接著說：

「這個嘛～跟正月有關，而且還能討吉利的料理蠻多的喔。例如，昆布卷有『喜悅』註的意思，伊達卷的話則是樣子很像書卷，有祈求學業有成的意思。總之，很多年菜料理都有各自代表的涵義。」

「喔！是這樣啊！」

想提昇學業運勢的話，應該可以試一下伊達卷吧？

回家後就問奶奶伊達卷要怎麼做！

「那麼，要不要也參考一下日本正月的諺語『一富士二鷹三茄子』呢？」

小詞也接著想要告訴我一些方法。

「這是表達新年初夢的吉祥諺語。據說按照順序觀賞富士山、老鷹、茄子也能達到討吉利的目的。」註

「初夢嗎……可是現在已經跨年了……」

今天早上的夢……我記得是自己正要爬上巨大的布丁時，但那個布丁實在太高了，害我還被掛在樹枝上……，實在是不怎麼樣的怪夢耶。

所以很遺憾地，我沒有夢到富士山、老鷹、茄子……

**不過，就布丁的形狀來說，也許我可以把它算做富士山吧……？**

在我認真思考時，小詞忍不住噗哧地笑了出來。

「小圓，不用擔心。初夢是『新年第一次作的夢』。所以不管是今天晚上或明天晚上，只要有作夢都能算數。」

「是嗎？不一定非得要元旦一早作的夢嗎！」

**原來啊，這樣我還來得及嘛！**

註：昆布卷：昆布（kobu）與喜悅（yorokobu）因諧音而通義，在日本被視為吉祥食物。

註：日語裡有「初夢」的說法，一般指新年做的第一個夢。日本人常說「一富士二鷹三茄子」，認為新年第一個夢夢到富士山、老鷹或茄子是好兆頭。原因說法眾說紛紜，其中一種說法是富士（huji）在日語裡諧音「無事」；鷹（taka）諧音「高」，意為「高昇」；茄子（nasu）則諧音「成」，有「事成」的意思。

好！今天晚上就把富士山、老鷹、茄子畫在紙上，然後放在枕頭下睡覺！
感覺現在心情好多了，兩條腿走起路來也更有力氣了。
不過話說回來，到了正月真的有很多跟討吉利有關的東西呢！
「那回去準備早餐的時候……就那樣吧……」
在我在回家的路上自言自語時，突然後面有人對我「喂」了一聲。
**「……如果是數字的話，就是『八』了。」**
他小聲碎唸了這句話後，就快步走過我的面前。
咦？他剛才那是什麼意思？
在我傻眼的同時，小詞接著過來對我說明。
「這有祝福別人的涵義，八這個字的形狀不論是從上面看還是下面看，都可以形容為好運勢發展開來的意思。」
**「喔～！」**
我都不知道耶。沒想到數字也可以有討吉利的涵義！

（原來幸運數字是八啊……我看我今天晚上八點八分就去睡覺好了……可以討吉利的東西有門松、年節料理、初夢、數字的八。）

這些男孩們告訴我的討吉利訣竅，我要好好記起來，所以我現在邊走邊記住。

突然，小歷在旁邊偷笑。

「小計這小子真是不乾脆，這件事明明就可以自己跟小圓說的。」

聽了這句話後，小理跟小詞都微笑著聳聳肩。

「因為小計他很害羞嘛～」

「不過這也代表小計會擔心小圓，所以

才想要提供意見幫助小圓啊。」

男孩們一起笑著這麼說。

（原來啊。小計是在擔心我。）

這麼一想，讓我覺得好窩心喔。

在正月可以像這樣跟我最重視的家人在一起，

不管是多麼壞的運氣，我都覺得可以逆轉為好運了！

——當天的夜裡。

在我的初夢中，出現的是我的媽媽。

媽媽什麼話也沒說，只是微笑著看著我。

但是，我覺得媽媽就像是在我的身邊一樣，所以我覺得很開心也很安心……

這個夢讓我感到很幸福，讓我捨不得睜開眼睛醒來。

跟正月有關的節慶諺語還有「一年之計在春」。
一年的計畫在春天，意思就是勸人過年開春的早上好好地早起，
才可以開始訂定今年的計畫。
各位在今年的正月又訂定了什麼樣的計畫呢？

# 3 什麼是「縣市地名對抗賽」？

「新年快樂──！」

「新年快樂！正月你都在做什麼啊？」

教室裡聽到同學們互相打招呼的聲音，互相道賀新年快樂。

今天是第三學期的始業式。

同學們在新年第一次見面，就直接問起對方在正月去了哪裡，壓歲錢拿了多少，聊得非常熱絡。

──不過在這其中。

「……嗯嗯……『這樣的存在被稱為付喪神』……」

我在自己的座位上喃喃自語，拿著一本書跟筆記本上的文章比對。

其實我正在看的這本書不是普通的書。

這是我在前陣子去圖書館時發現的，是一本很神祕的書。

## 物品寄宿生命．付喪神傳說

老舊的封面上寫著這個書名。

這本書詳細記載著關於這種叫作「付喪神」的精靈，而且照小詞的推測，還是一本江戶時代的書。

當初我想到學科男孩同樣也是「從物品中產生生命」，所以才會從圖書館借回來……然後，我還從裡面發現讓人很在意的內容。

其中有一頁寫滿了像文字一樣的記號……，大致上就是一種形狀難以確認的字體，而且似乎**除了我以外其他人都看不到**。

總之，這一頁的內容真的只有我能看見。

——說不定在這一頁的內容當中，有記載著「解開學科男孩之謎的關鍵」。

所以說，**這本書是很特別很特別的書**。

（但就算我這麼認為，這本書還是難到讓我看不懂……）

翻著這本書的同時，我忍不住嘆了一口氣。

尤其是最古怪的那一頁，不管我怎麼看，又或者嘗試以其他方法來解讀，到現在我還是看不懂在寫什麼。

所以，現在我解讀這本書的第一步就是將其他寫著普通文字的頁數慢慢看完……

雖然是這樣說，但那些普通文字很多都是很難讀懂的漢字和諺語，所以目前為止，我幾乎沒有什麼解讀進度。

畢竟光是一個字就要查字典，然後還要把現代語意的解釋記到筆記本裡……一行句子解讀完後，就已經用掉一整天的時間了……

我恍神地再次看著那一頁。

就是整頁模模糊糊，寫著亂七八糟的「某種文字」的那一頁。

但我果然還是看不懂那上面到底寫了什麼東西。

（會不會有可能在突然間就看得懂啊？就像電玩裡面那樣唸魔法咒語，或是等級上升後，解開謎題的難度也會跟著變簡單……）

我單手托著下巴，開始胡思亂想……

**咕溜～咚！**

「哎呀！」

我的手肘突然滑了一下，我的臉直接撞到桌子上。

「好痛……」

怎麼會突然滑了一下啊？

我用手揉著撞到發疼的下巴，不由得嘆了一口氣。

（難……難道說，這就是籤上說的凶運嗎……！？）

這時我的腦中閃出這個念頭。

但我又慌忙地不斷搖頭。

……不會這樣的，我一定沒事的！

小詞都說了，抽籤只不過是神明給予的建議，並不是在預言壞事發生！

而且過年時，我家的玄關也擺好了門松。

初夢雖然沒有夢到富士山，但是我有夢到媽媽，也是好預兆。

另外我也拜託奶奶，讓我每天早上都吃伊達卷。

還有喔，在聽說過八這數字很吉祥後，現在我的鉛筆盒裡都會剛好放滿八支鉛筆了！

（沒事的沒事的。現在我的好運氣已經提昇很多了！）

我對著自己這麼說，並且用兩手拍拍自己的臉頰。

……人家都說，「縫凶畫吉」，就是這樣沒錯！

這時要說「逢凶化吉」才對喔！把壞事縫起來，是沒辦法帶來好運的！

「——小圓，妳怎麼了？」

在我用雙手抱著自己的頭時，上方傳來對著我說話的聲音。

抬頭一看，原來是我的好朋友成島優，正一臉擔心地看著我。

「妳不要緊吧？看妳突然拍打自己的臉，還雙手抱著頭……」

「呃，嗯！我不要緊！我只是有點想太多了……」

「……哇？這本書看起來好舊呢。而且這一頁怎麼是一片**空白**……？」

經小優這麼一說，我才重新確認這本書的奇怪之處。

沒錯，這一頁的內容除了我以外，沒有人可以看到。

我看在學校裡最好別把這本書整個攤開來看，而且弄丟的話，也挺麻煩的……

我張望著四周，確定附近沒其他人才把這本書收進抽屜裡。

然後，我認真地看著小優的臉，並且對她說：

「……其實這本書，可能跟那群男孩有關。」

**「咦？」**

小優一聽也跟著張大雙眼。

雖然男孩們不是人類這件事要對大家保密，不過只有小優例外。會讓小優知道這個祕密是因為她是我信賴的好朋友，也是最挺我的閨蜜。

只是關於男孩們的壽命問題，我就沒有對她說了……

我心裡抱著趕快轉移話題的想法，接著跟她討論古書的事。

「這本書好像有一些祕密必須要靠我自己的能力解讀才行……所以我現在每天出門都盡量帶在身上，因為我怕自己會突然能解讀這本書。」

「原來是這樣啊……」

「是啊，對不起，讓妳擔心了。」

看到小優一臉擔心的模樣，讓我覺得有些心疼。

因為小優是我非常要好的朋友，現在一定在腦中拚命思考著自己能幫上什麼忙吧？

話說回來……這本記載付喪神的書，應該已經沒人可以幫我解讀那一頁了吧……

**「啊，對了！」**

小優像是想到什麼一樣，忽然開心地抬起頭。

「小圓，不如我們轉換一下心情，來考個試怎麼樣？」

「咦？**考試？**」

突然聽到這個字眼，讓我嚇了一跳。

小優說「先等我一下喔」，並且一臉開心地回到自己的座位旁，從書包拿出一張紙。

「我的補習班這次辦了一個活動，叫作『**縣市地名對抗賽**』。小圓要不要也參加？」

「咦？縣市地名對抗賽？」

這是什麼啊？

「這是以小學生為對象的全國性統一測驗。可以和全日本同年紀的學生作為對手互相競爭，是我們補習班每年都會舉辦的例行活動。不是我們補習班的學生也可以免費參加喔。」

「免費參加？」

喔～原來是這樣的考試啊！

（我以前都只有考學校的考試而已……不知道補習班考試的分數會不會也能延長男孩們的壽命？）

雖然我從來沒參加過學校以外的考試……不過試試看也不會有損失吧？

如果壽命不會延長的話，那可能也不會縮短吧？

「妳看，這是去年的**成績表**。」

小優將一張畫了各種顏色的紙拿給我看。

上面有小小的文字和數字，而且各自在幾個區塊中整齊地排列著。

「這張表是個人成績表。記錄了每個科目的分數、平均分數、全國排名、縣內排名。」

「所以這是小優的考試分數囉？」

「是啊。不過去年我在社會考試裡將題目看錯了，所以成績不太好就是了。」

小優邊笑邊不好意思地搔搔自己的臉頰。

縣內排名第六名，全國排名則是第一一二名……？

**「咦？所以我們這個縣還有五個學生比小優還要聰明！？」**

但小優在學校的成績都是最好的，常常考滿分耶！

（嗚哇……感覺這個考試的程度很高……）

跟這麼多人一起去考的話，我的排名可能會排到很後面吧……？

「小圓，跟妳說喔。這個全國考試發下來的成績表，排名其實沒那麼重要。因為比起排名，最重要的是可以

檢視自己最不擅長的弱科。」

「檢視不擅長的弱科？」

小優點點頭繼續說。

「妳看下面的列表。」

小優手指著那個記載分數和排名表的下方。

那裡列著國語、數學、自然、社會四個科目。

在數學的部分寫上「分數計算」、「面積」這類相關的課程項目，上面還分別記載著答題正確率和學習方面的建議。

『在圖形問題的錯誤上有明顯的傾向。建議多動手描繪圖形，並在其中畫出線段確認其特徵，使自己能在腦中掌握圖形的形象，就是克服這類問題的關鍵。』

（喔！原來他們可以從這麼小的地方找出每個人不擅長解題的弱點啊！）

要是能知道各科問題中不擅長解題的部分，的確能增加複習的功效呢。

念書時如果可以有效率的針對弱點去複習，考試成績應該也有辦法提昇吧！

「……嗯，這樣好像不錯呢！」

聽我這麼說，小優也開心地接著說下去。

「幸好小圓也這麼認為！趁現在從五年級讀書範圍裡研究出自己不擅長的地方，真的是很重要的觀念呢。因為聽說升上六年級後，要學的東西就會一口氣變難。」

「咦……」

小優不經意說出來的這句話，忽然觸動了我的內心。

（升上六年級後嗎……）

本來從沒思考過的這件事，突然間相同的問題在心中湧了上來。

那就是——男孩們真的可以順利升上六年級嗎？

雖然可以確定他們的壽命會被我的考試分數影響，但他們本來就是從我的「五年級課本」中誕生出來的……

**別離**

……難道，籤紙上的話就是在說這個？

會不會在五年級結業式那天，就要跟他們說再見了……？

如果第三學期的考試可以努力全部都考到好分數……好像也沒有證據可以保證他們絕對能升上六年級……

**「小圓，妳怎麼了？」**

我陷入了沉思，小優看到這樣的我就擔心地將手放在我的肩膀上。

「小圓，妳其實不想參加嗎？不需要勉強自己參加這個考試喔。」

「不，不是的！我是很想參加這個考試，但是……」

**「——喔～全國統一舉辦的考試活動啊！」**

忽然後面傳來說話聲。

被這個聲音嚇到後，我與小優同時轉過頭看聲音的來源。

「小歷！」

**「社……社會同學!?」**

小優突然用怪聲唸出他的名字。

小歷「嗨」地一聲，笑著跟我們打招呼，然後視線看向小優手上的那張成績單。

「喔！真不愧是小優，成績超棒的耶～！」

「你……你不要看！不對，你不是我們班上的同學啊？不可以隨便進來我們教室……」

「別這樣嘛，別這麼排擠人嘛。……啊，小計！我們要不要也參加啊？我覺得參加這個好處很多耶。」

小歷一看到剛進教室的小計，馬上就興高采烈的出聲叫住他。

小計一邊聽著小歷簡單的說明，一邊手抵著下巴：

「在學校以外的地方進行考試，代表多一次機會測試學力程度。至今為止一些無法避開的活動，阻礙了對學校考試的準備……也許這個考試是個好機會。我們一起跟小圓解考試題目的話，還可以在考完後進行複習……」

小計一邊唸唸有詞，一邊思考後……點頭表示贊同。

**「好，我們也參加吧。」**

「耶！就是要這樣才對嘛！」

小歷開心地高舉雙手。

「那我去跟小詞、小理他們說一下囉！小優也一起過來吧！」

「咦!?等……等一下，為什麼我也要去！？」

突然被小歷牽著手的小優，就這樣紅著臉被帶出教室。

至於我只能傻傻地目送他們倆個人離去。

「我認為學校以外的考試或許能延長我們的壽命。在期末考前可以作為讓我們活到下個學期的目標。所以這個考試妳也要好好準備。」

小計一如往常地淡淡地說著，並且走向自己的座位開始翻看起念書計畫。

**——下個學期。**

小計說出口的表情，看不出一絲不安。

接著我有點懼怕地問了他一下。

「……六年級的學業是不是很難呀？」

小計視線往下看著筆記，回答了「我想會吧」。

「這個嘛，數學的難度有可能會一下子提高。不過也別擔心，反正我會徹底逼到妳學會。」

徹底逼到學會。

聽了這句話後，我又跟平常一樣在心裡「嗚噁」了一下。

但因為這個反應的關係，也讓我本來不安的心情一掃而空。

（嗯……我看我應該是沒問題的。只要好好把分數考高一點，大家的壽命就能延長，也就可以跟我一起升上六年級！）

我再次地打起精神來。

好！**對抗賽我要努力考好！**

# 4 往對抗賽出擊！

**咔噠、叩咚**

星期日的早上，我們大家都在電車上晃著身體。

今天是兩個禮拜前決定參加的對抗賽**考試日當天**！

我們在車站上跟小優會合後，就一同搭著電車前往考試地點。

考試地點是某一間補習班的教室，需要搭車經過兩站才能到達。

「像這樣大家一起搭電車，好像是第一次耶！」

小理興奮地這麼說。

我也一樣開心得不得了。

「雖然假日搭電車去考試好像有點怪，但總覺得大家在一起就讓人很興奮耶！有點像是要去遠足一樣。」

「對啊。平時我都是一個人去補習班，這麼熱鬧地去補習班，還是第一次呢。」

小優看起來也很開心呢。

看到我們開心到無法控制的模樣，一旁的小計故意乾咳了一聲。

「我們不是去玩的，是要去考試的。」

「這……這我知道啦。」

討厭耶，小計老是這樣。

算了，反正小計說的也對。

畢竟這次出來考試也是因為跟男孩們的壽命有關，所以該用認真的態度去看待！

把心情重新調整回來後，突然背後感受到一道視線。

**（嗯？怎麼了？）**

我往視線的方向看去後，便發現到一群像是國中生的女生，正在偷偷看著我們。

「……欸，那些男孩超帥的耶！」

「……是藝人嗎？還是還沒出道的偶像啊？」

我甚至還能聽到她們在說悄悄話。

（……對喔，單純只是看這群男孩們的話，怎麼看都會覺得他們其實長得非常帥氣。）

我也是像她們一樣，偶爾會看得臉紅心跳，不過因為平時住在一起久了，可能也因為已經開始習慣，現在有點沒感覺了。

也是啦，不然一整天都在臉紅心跳，還挺累人的。

（不過……他們的確是很帥。四個人現在湊在一起，真的看起來像是藝人一樣……）

現在我又一次地仔細打量這些男孩的模樣。

**「啊，話說回來啊。」**

小歷好像是忽然想起什麼事。

「就全部科目的成績上，我很好奇我們當中誰考得最好？像我們學校不是也會把排名公布出來嗎？」

小歷話說完後，其他男孩的眼神一下子變得犀利了起來。

「考得最好的人當然是我，這連想都不用想。」

「咦～但小計國語不太行吧？我覺得第一名是我才對吧～」

「不對不對。我不可能會輸給你們喔。」

「講是這麼講，但最後會是我穩穩取勝啦～」

這四個男孩很有自信，接連地互相叫陣。

**啪嘰啪嘰**

哇噻！他們之間都已經迸發出火花了！

正當競爭氣氛四處瀰漫的時候，突然間小歷將右手伸了出來。

「ＯＫ！那我們就來比個高下！第一名獎品就是……**今天晚餐可以吃掉其他人的漢堡排！**」

**「好！我接受！」**

「等……等一下，在電車上請保持安靜！不好意思、不好意思……」

在男孩們開始吵成一團的同時，小優很難為情地向車廂內的其他乘客道歉。

就連我也邊嘆氣邊跟著小優一起道歉。

（他們的長相確實是超帥沒錯……但他們內在的性格卻是很會惹事的麻煩精。）

就在我邊想邊看著他們的時候，小歷轉頭看向我。

「對了，小圓要不要也跟小計打賭呢？賭注是飯後甜點布丁，然後妳們兩人互相比國語的分數怎麼樣？」

「咦!?」

我與小計同時驚叫。

（竟然叫我跟小計比國語的分數……）

就在我想自己不可能有勝算時，忽然回憶起一件事。

這麼說起來……小計雖然很擅長數學和自然，但國語卻不太好。

對字的理解也很差，之前「窮鼠齧貓」這個諺語，他卻解釋成「窮老鼠捏到貓」。

反過來看我自己，四個科目裡就只有國語考得最好。

如果只是比國語……說不定我有機會贏喔!?

**「好！我賭！」**

我一說完，小計像是被我嚇到一樣，開始皺起眉頭來。

「原來如此……這代表小圓要送我妳的布丁了。這就是俗話說的『從上面丟禮物送我』」

「不對喔！小計！這應該是『喜歡的東西降落下來』才對吧！而且要拿走布丁的人是我才對！」

**「哼哼哼，我很期待獨占漢堡排時刻的到來……」**

**「為了布丁，我一定要贏……！」**

迫不及待贏到獎品的我和小計雙眼閃閃發亮著，在旁邊的小優只能搖頭嘆氣。

電車到站後，我們就下車了。同時也在月台看到幾群跟我們一樣的小學生團體。

那些人會不會也是要參加對抗賽的考生啊？

看到他們後，我也開始有點緊張了。

「我覺得今年縣內第一名的同學，可能可以擠進全國前五十名。」

小優一邊穿越驗票口，一邊這麼說著。

我可以看到她的雙眼燃燒著火焰。

小優這個人就是這樣，只要是關於比賽的事就會變得很熱血。

（既然是全國性考試，那我要不要也給自己設定目標分數跟排名啊？例如「目標五十分！」不行，這個目標太高了。還是換個更容易達成、更符合現實的分數……）

我一邊想著，一邊從包包中掏著自己的車票。

**搜搜**

**「……嗯？」**

一直沒從包包裡摸到耶。

「小圓，沒問題吧？」

「抱歉，你們先出去好了！我等一下會過去找你們！」

我停下腳步，打開包包往裡頭仔細翻找。

包包裡面亂糟糟的，根本無法看清楚放了什麼東西。

唉，真是的。到底是誰隨便把東西丟進裡面啊……？

**※那個人就是妳。**

（……找到了！幸好有找到～！）

好！

在我拿出車票並且往前移動的那一瞬間——，

**咚**

「哇!?」

我的肩膀被某個人撞到，害我一屁股跌在地上。

突如其來的狀況，讓我的包包忽然往上飛，裡面的東西散落一地。

**「好痛……」**

我邊摸著自己的屁股邊抬頭看，發現一位像是大學生的姊姊，她包包裡的東西也都掉了出來。

「對……對不起！」

大姊姊著急地向我道歉，並且慌張地把自己的東西塞進包包中。

我也跟她一樣，急著把掉出來的東西收進自己的包包。

課本、錢包、准考證、車票……

「身體有沒有受傷？沒有怎麼樣吧？」

先把東西收拾好的大姊姊出聲關心我。

「啊，是、沒受傷……」

我一邊回答一邊檢查地上，看樣子四周已經沒有我遺留下的東西了。

接著我用力把所有東西壓進包包裡，站了起來。

「真的很對不起，應該是我太急了，才會沒有注意到妳。」

「不……沒關係。我也不該在這麼多人的地方站太久……」

「沒受傷就好！那我先走了！」

大姊姊說完後，就快步離去。

**（呼，真是嚇死我了……）**

但幸好撞到我的人是個善良的大姊姊。

鬆了一口氣後，我就立刻趕往大家等待的驗票口移動。

考試會場是補習班「熱血學院」，從車站走出來只要幾分鐘的時間就能抵達他們的大樓。

大樓的入口還立了一個招牌，上面寫著**「縣市地名對抗賽」**。

將准考證拿給門口的服務人員看後，小優就帶我們走進去。

「喔～原來這裡就是小優上的補習班。」

教室裡面雖然跟學校一樣，可是氣氛卻一點也不同。

總覺得整個空氣有一股緊繃的感覺，而且這邊的學生看起來也很聰明。

還有一些像是老師的人，走路的步伐很快，而且全都穿著整齊的西裝。

走廊上的牆壁也貼著「知名私校合格率日本第一」和「入學測驗隨時受理中」的海報，上頭的文字還有力地以紅色突顯出來。

這麼說來，我好像有聽說過這間補習班的入學考很難。

大家也都說這裡的老師很可怕……

在我四處張望的時候，小優突然說：「妳看。」並且指向公告欄上貼著的某張紙。

「這張紙寫著准考證號碼跟應考教室的分配位置。呃……我的准考證號碼……是在303教室。」

小優一邊看著准考證一邊說。

「小圓妳呢？」

「我是……啊，是301。」

真可惜，不是跟小優同一間教室。

聽了我們的對話後，男孩們也各自拿起准考證確認應考教室。

「我是303。」

「看來我是302呢。」

「我是302唷！」

「啊，我也是302！」

聽到大家說的應考教室，我驚訝地喊出聲。

「啊！難道只有我是301……？」

難得大家一起來考試，現在卻變成這樣。

突然間，我的心情感到既不安又失落。

（301教室如果有我認識的同學就好了……）

偏偏我又是第一次來陌生的地方考試。

一想到教室裡全都是我不認識的同學……心裡馬上就變得很緊張……

我心跳加速，在301教室名單上，想要先找出有沒有認識的人。

**「——啊！這不是笨丸嗎？」**

我的身後突然傳來熟悉的聲音。

我訝異地轉過頭看。

這時看到一個臉上笑嘻嘻、頭髮刺刺的男孩，還有另一個個子很高的男孩。

**「哇，是松武二人組！」**

忽然冒出來的這兩個人，簡直要嚇死我了。

這兩個人是我們班上愛搗蛋的傢伙，人稱「松武二人組」的阿松和阿武。

這兩人很喜歡拿我的考試分數開玩笑，還會故意叫我「笨丸不圓」。

沒想到竟然會在這裡遇到他們……

「哎唷～我有看到成島跟數學也來了耶。不過這些人當中，就只有笨丸特別不一樣呢。」

「哇哈哈！真的耶！除了笨丸以外，其他都是成績很好的傢伙嘛！」

「少……少囉唆！我才不想被你們這種人嘲笑！」

小優跟學科男孩們的確都是成績優秀的學生，相較之下我根本就是成績吊車尾的笨蛋。

但我也很清楚松武二人組的成績也很差，根本沒資格取笑我。

這時皺著眉毛、斜眼瞪著他們兩人的小計說話了：

「你們兩個來這裡還真讓人意外啊，究竟是什麼風把你們吹來的？」

接著松武二人組開始憤憤不平地說著原因：

「還不都是我們媽媽害的，隨便就替我們報名。」

「本來以為兩個媽媽願意帶我們跟小拳一起出門玩，結果她們卻突然把我們丟在這裡就回家了。真是很過分的歐巴桑耶～」

阿松跟阿武氣呼呼地抱怨著。

居然把這兩個搗蛋鬼要得團團轉，他們的媽媽真是厲害。

他們可是連學校的老師都沒辦法管得動。

當我在心裡佩服他們的媽媽時，他們兩人又看著我。

「話說回來，笨丸這個萬年吊車尾的學生，來這個補習班考試能有什麼用啊？」

「對啊。反正妳一定會不及格，不如趁還沒丟臉之前趕快回家吧。」

松武二人組很沒禮貌的開始哈哈大笑。

（討厭！真讓人火大！）

因為氣不過，就挺起身子開始反駁：

「我是出於自己的意願，才會來這裡參加考試，不管你們說什麼，我都不會回去的！還有就算別人覺得我會不及格，但我還是會很高興自己念過書後，能考出自己理想的分數，所以我才不會覺得丟臉呢。」

我被這兩個人嘲笑成績已經習慣了。

雖然知道被人嘲笑而生氣、難過，最後只會讓自己覺得很累。

……但就算如此，被他們笑，我還是很火大。

**「……妳好像變了耶～花丸。」**

阿松忽然脫口說出這句話。

但我歪著頭覺得疑惑。

「我變了？」

「以前妳明明看起來就很討厭念書。」

討厭念書……我以前確實是這樣吧？

以前的我不管多努力用功，成績還是沒辦法進步，心裡一直覺得「反正自己就是不擅長讀書」。

但自從學科男孩們幫我複習功課後，我的成績漸漸開始進步，也產生一點「讀書很快樂」的感受。

原本覺得自己不可能達到的考試分數，現在變得開始有辦法接近了。

「……可是，妳這麼用功要做什麼啊？是不是在準備私立國中**入學考**啊？」

這次換阿武問我問題。

「咦？私立國中入學考？」

這個過去從沒思考過的字眼，讓我嚇了一跳。

我用功讀書的動機其實就是為了要延長學科男孩們的壽命。

而在這之前，讀書是為了要讓媽媽開心……

但是卻從來沒有想過私立國中入學考。

「小優，應該有在準備私立國中入學考吧？」

「是啊，我有一間想要讀的私立國中，所以打算去考這所學校的入學考。」

這樣啊……說的也是。

我們班上的學生，好像也有很多人是為了準備私立國中入學考而上補習班。

大家用功讀書的理由通常都會是「考上理想的學校」和「為了實現將來的夢想而作規劃」吧？

（我用功讀書，是為了什麼……？）

阿武隨口問的這個問題，有些觸動了我的內心。

## 5 書不見了!?

「考試即將開始。請各位考生將准考證拿出來，並將印有准考證號碼的那一面朝上，放在自己的座位上。」

負責監考的老師，在走廊上大聲提醒。

我們也不再繼續聊天，互相看了看彼此。

「聽好了，回家後我們就來驗算自己的成績，把預計得到的分數寫在計算紙上，再來看誰贏誰輸。」

「OK！」

我握著拳頭回應小計。

好～！我整個人有精神了起來！

**我絕對能得到布丁！**

「那麼小圓，我們彼此勉勵，好好考試吧。」

「嗯，等一下再見囉！」

我跟大家分別後，就往301教室的方向前進了。

要開始了。

**呼，好緊張喔……！**

（哇……）

進入教室的那一瞬間，我馬上感受到一股緊張的氣氛。

白色牆壁的陌生教室裡，滿是我不認識的學生。

白板前站著監考老師，考卷也已經準備好了。

我的心情再次被這種讓人喘不過氣的氣氛牽動著。

（呃……我的座位在哪裡……？）

我拿著准考證在桌子之間走著。

每個桌面的角落都能看到貼有標示數字的貼紙。

我應該要根據准考證號碼來找對應的座位。

10677、10677……找到了！是這邊！

為了安全起見，我再三比對了貼紙和准考證號碼。

……好，確定是這個座位沒錯。

「午安！今天的考試要加油喔！」

拉出椅子的時候，我對坐在旁邊的同學打了一聲招呼。

不過那位同學先是一臉驚訝地看了我一眼，然後沉默地對我稍微點了點頭。

（好……好奇怪喔？不太想跟別人打招呼的樣子耶……）

我有點不好意思地紅著臉，閉上嘴巴趕快坐下。

因為我是第一次在學校以外的地方考試，所以不知道這種情況算是好還是壞。

（先不管這個了，還是把文具拿出來放在桌上，稍微調整情緒吧……）

我小心地確認身邊的環境，並且把包包拿起來準備拿文具出來。

——就在這時。

「……咦？」

我看到包包裡放著一本從沒看過的書。

這種不尋常的感覺，嚇得我倒抽了一口氣。

**（這個……不是我的書吧……？）**

有種不祥的預感浮上心頭。

我著急地把包包中的東西全倒出來。

（錢包……鉛筆盒……手帕……）

噗嗵。

我的心臟猛然地跳動著。

……不見了。

**——那本關於付喪神的書不見了！**

那本書我都會帶在身上，所以今天早上我也很確定自己把它放進包包裡……

（怎麼會這樣……!?）

接著我馬上發覺到原因了。

我在車站撞到大姊姊時，我們包包裡的東西都掉在地上。

**那本書大概就是在那時候不見的……！**

這時我整個背脊開始發涼。

那本書……是講關於付喪神的事，還是這個世上唯一一本的奇特書籍。

而且說不定還存在和學科男孩們生命有關的祕密，是很重要的線索。

弄丟其他東西就算了，但就只有那本書絕對不能弄丟……！

「——那麼我們開始說明這次考試的注意事項。請各位參加考試的考生在座位上坐好。」

突如其來的宣布，嚇得我聳起肩來。

一時之間，教室的氣氛馬上轉變，每個人的視線都直直地看著前方。

就只剩我一個人四處張望。

（怎……怎麼辦……）

我的雙手手掌開始冒汗。

教室裡只聽得到監考老師說明注意事項的聲音。

完全是不能輕易出聲說話的氣氛。

（但是，我現在必須趕快離開……！現在出去的話或許還能追上那個大姊姊……！）

噗嗵噗嗵

心臟跳動的速度快得停不下來。

我現在必須舉手。

我現在必須發出聲音。

但是，現在的氣氛讓我的身體動彈不得。

**（快點……快點動啊……！）**

發著抖的手緊握住桌子上的鉛筆盒。

噗嗵噗嗵噗嗵

**啪噠！**

「對不起！我遲到了！」

教室門在這時打開，從外面跑進一個男孩。

這個男孩……不就是阿松嗎!?

「哎呀～剛才去上廁所，沒想到卻來個大的……」

「……請保持安靜，還有也請你快點回到座位上。」

「是～！」

阿松就算被老師教訓，也照樣嘻皮笑臉地找自己的座位。

當他走到我的座位附近時，忽然間我們四目相對。

「咦？妳怎麼……」

（……就是現在！）

**咔噠咔噠**

我猛然站了起來。

一下子就成為教室裡所有人注視的焦點。

（嗚……）

雖然這個瞬間讓我有點退縮。

但我的手還是使出了全力，將包包拿起來大聲說道：

「對……對不起！我有東西忘在車站，現在要過去拿！」

**躂躂躂**

我一邊大喊，一邊從座位上站起來奔跑。

**「啊！妳等一下！」**

我的背後傳來監考老師慌張的聲音，而這時我早已衝出教室。

**「——真的真的非常謝謝妳！」**

我在車站的辦公室，用力地對之前那位姊姊行禮。

而大姊姊則是站在我面前，邊苦笑邊說：「不會不會。」

「我才該跟妳道謝呢。要是這本別人很寶貝的書被我拿走，而且又還不回去，我現在一定會很煩惱的。」

「對啊，因為我的確很寶貝這本書……嚇得我以為自己的心臟要停下來了。」

我們兩個都放下心中的大石頭後，對著彼此微笑。

我從考試會場趕到車站後，才剛跟站務員解釋我發生的事情時，那位姊姊正好也來到現場。

因為她很擔心拿錯那本書會給我帶來困擾，所以也很著急地跑回車站。

不過也因為大姊姊的幫助，那本關於付喪神的書總算平安地回到我手上。

還好那位大姊姊是個好人！

「大姊姊、站務員先生，真的很謝謝你們！」

我再次道謝後，就轉身準備離開。

（我得快點回去才行，不然考試就要開始了……！）

我瞄了一下時鐘，現在只要再過一分鐘就開始考試了。

從這裡走路到補習班要五分鐘，用跑的話三分鐘就可以到達吧……

（大約會遲到兩分鐘，也許那裡的老師會放我進去吧！）

**好！快跑過去吧！**

我把書放進包包裡，然後再次往補習班的方向跑去。

——但是。

**「咦？不行嗎？」**

聽到我如此驚訝，服務台的姊姊單手扶著眼鏡用冷漠的表情看著我。

「是的。考試正式開始後，按照規定，考生不能進考場。」

「但……但是，剛才也有同學遲到，也一樣可以進去啊！」

「如果能在考試開始前到達，的確可以進入考場。」

「我……我也是在考試前進入過教室一次。只……只是又用了幾分鐘，跑去車站拿遺失的東西……」

「考試開始後不得進入考場，這個規定有寫在注意事項當中。」

那位姊姊又用手推了一下眼鏡，並且把視線移往對面的牆壁。

牆壁上確實有貼著一張「考試開始後，禁止進入考場」的告示。

「……怎樣都不行嗎？」

「不行喔。」

「可是考試才剛開始還不到兩分鐘耶！」

「不管兩分鐘還是三十秒，遲到就是遲到。」

對於我的求情，那位姊姊很堅定地否決。

（怎……怎麼這樣……）

我渾身開始冒起冷汗。
特地來這裡想要試試看自己的實力，卻不能考試……
我現在只能呆站在現場。
「發生什麼事？」
這時，從那位姊姊的身後，走來一位體格高大的叔叔。
那位姊姊轉過身，向那位叔叔說明我的狀況。
「啊，班主任。其實這個女生……」
班主任……原來這個人是這間補習班的班主任啊！
光是看他的模樣就很有魄力，這應該就是所謂的很有「餵嚴」吧？

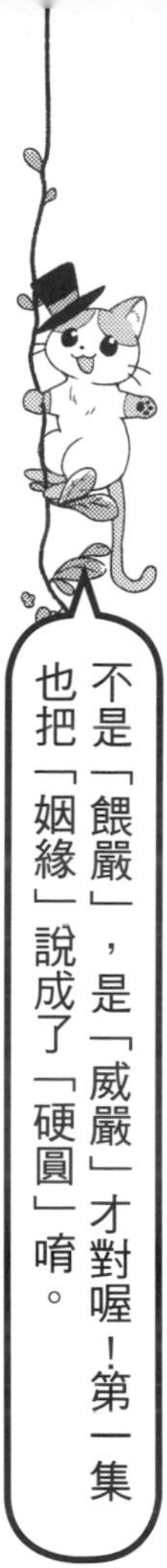
不是「餵嚴」，是「威嚴」才對喔！第一集也把「姻緣」說成了「硬圓」唷。

**「……遲到嗎？」**

班主任瞄了我一眼，粗粗的眉毛也皺了起來。

他低沉的聲音讓我的身體發抖了一下。

（這個人有點可怕耶……但既然是班主任，說不定還可以通融一下……！）

我鼓起勇氣，抬著頭望向那岩石般的身體。

「很抱歉我遲到了。但是……我很想考試！希望可以在別的教室考試，或是直接在這邊的地上考試也行……」

**「『3.5×11』的答案是多少？」**

「咦？」

突然問我計算題，我只能站著發呆。

3.5×11……？

「等……等我一下。我現在拿出鉛筆計算……」

**「——不行！」**

他大聲說著。

而我伸向包包的手也跟著停住。

班主任挺著又大又厚的胸膛，往下看著我。

「答案是38.5。這種程度的簡單計算都不能心算出來的話，就沒有進行這場考試的價值。妳只會浪費時間而已。」

強烈襲來的壓迫感，嚇得我乾嚥了一下口水。

（真……真的如傳聞中的一樣，是很可怕的老師……）

班主任看著退縮的我，又繼續說道：

「……我再問妳一個問題，妳的第一志願是哪裡？」

**「咦？第一志願？」**

我才剛眨眼一下而已，他的眉毛又變得更皺了。

「妳應該有想要報考的國中吧？想就讀的學校是哪間？算了，反正以妳的程度是沒有學校肯收的。」

他的眼神帶著嘲笑我的感覺，刺痛著我的心。

「呃……我其實不是為了準備入學考……」

「喔？那麼妳又是為什麼來這裡考試？」

「咦？這……這是因為……」

我實在說不出……自己是為了延長學科男孩的壽命……

因為無法說出適合的回答，所以顯得很慌亂。

看著這樣的我，班主任深深地嘆了一口氣。

「那我換個問題。——**妳是為了什麼而讀書？**」

（為了……什麼……？）

聽到這問題，我終於說不出話來。

然後班主任又繼續說下去。

「讀書不過是一種實現目標的手段而已，不能算是最終目標。妳的最終目標是什麼？是為了將來想從事的職業？還是為了賺錢？妳為了什麼目標而讀書呢？說看看吧。」

噗嗵噗嗵，我的心跳越來越快。

（剛才阿武也問我……我讀書的理由到底是什麼？）

現在是為了延長學科男孩的壽命。

以前是為了讓媽媽高興。

但是……我覺得這兩個理由，都不是現在這個狀況下的答案。

總覺得這個問題，真正該說的也許是另一種答案。

但是……我不知道那個答案是什麼……

一陣沉默後，班主任又再度開口：

「就我的經驗看來，不能清楚回答這個問題的人，是不可能進步的。妳再讀下去也沒有意義，所以現在就立刻回去吧。」

他的嚴厲指責，讓我內心出現劇烈的動搖。

我沒辦法反駁，只能默默咬著嘴唇。

「我最討厭妳這種笨小孩。聽好了，**不准妳再進來我們補習班。**」

承受著像是當頭打下的冷漠言語，我只能持續低著頭。

# 6 前所未有的大危機！

**「妳說妳沒有進去考試？究竟發生了什麼事!?」**

第一科考試結束後，小計從大樓裡跑過來找我。

他的身後還有其他男孩跟小優。

剛才我拜託服務台那位很冷漠的姊姊，請她幫我跟小優還有男孩們說我沒有進去考試，而是在外面等她們。

雖然那位姊姊看起來有些可怕，但還是有好好幫我傳話。

「……因為早上在車站撞到別人，所以我包包裡的東西被拿錯了……」

我向大家說明原因。

不過我說著說著，心裡開始覺得自己很沒用。

我在想，如果在跑出考場前先向監考老師解釋清楚自己的情況，或許事情就不會變成現在這樣。

還有，這麼重要的書我竟然會跟別人的書弄混，這也許是因為我太過粗心大意的緣故。

雖然現在後悔也已經來不及……

「對不起……考試全部結束前，我都會在外面等大家的。」

我垂頭喪氣地說著。

「……不對。」

小計搖頭否定。

「這個失誤就算了。我們可以回去了。」

**「咦？」**

我驚訝地回應。

「回去？為什麼？」

「小圓沒辦法考試的話，不就代表我們再考下去也沒意義了嗎？」

小計用一副理所當然的表情說著。

是這樣嗎……？

小計的話讓我有一點過意不去。

因為在搭車過來時，大家明明吵著「比比看誰的成績最好！」。

這是大家難得一起比賽的機會，我反而更希望大家不要在意我，把全部的科目考完。

但是，就是因為我的過失，才讓大家不得不配合我，所以我不敢這樣說。

正當我保持沉默時，小優開口說道：

「大家真的不打算繼續考試嗎？雖然我可以理解大家是擔心小圓，但之前在電車上吵著要比賽，不就代表大家很期待這次的考試嗎？」

聽了小優的疑問，男孩們看著彼此。

「……妳說的沒錯。但我們無法讓小圓獨自等我們。」

「對呀，我也覺得考試已經無所謂了。大家回家吧。」

小詞與小理點著頭附和著。

接著，小優的視線轉往小歷。

「社會同學，你認為這個決定好嗎？」

小歷像是很傷腦筋般地用手指抓了抓自己的臉頰，然後不好意思地回應：

「謝謝妳這麼擔心我們。但是……我們在這邊結束沒關係。只是我比較擔心小優？妳有朋友可以一起回家嗎？」

小優想要再說些什麼，但正要打算開口時，

「——請各位考生回到教室坐好。接下來，即將開始下一科的測驗。」

大樓傳來廣播聲。

小優往後面的方向瞄了一眼，微微嘆了一口氣。

「我平時都是一個人回家，所以你可以不用擔心這個。小圓，可惜妳這次沒辦法參加考試。但不用難過，我們明年再一起考吧。」

小優像是要為我打氣般，將手放在我的肩膀上。

「嗯……難得一起來這裡。對不起，小優。」

我垂頭喪氣地回答。

跟小優道別後，我跟男孩們一起往車站的方向走去。

差不多在一個小時前，我們還很開心地一起走在同一條路上，但沒想到現在要回去時，心情卻如此失落。

「……各位，今天真的很對不起。」

在我道歉後，男孩們都一起轉過頭來看我。

「小圓，妳不用向我們道歉。拿錯書只是純屬意外，更何況後來也順利拿回來了。而且俗話說得好『天無絕人之路』。」

「是啊，圓圓。要考試的話，以後機會多得是。」

小詞跟小理溫柔地對著我微笑說著。

這時，小歷開朗地喊著：「對了！」

「既然我們有多出來的時間，不如大家一起在附近逛街吧！說不定有什麼好玩的店喔！」

「真是好主意呢！小歷！」

「那麼我們就來轉換一下心情吧，小圓。」

三名男孩開心地聊起天來。

因為這樣的氣氛，讓我憂鬱的情緒漸漸變得比較緩和。

「不行！」

這時候小計突然潑了大家冷水。

他兩邊的嘴角大大地往下彎，還一直猛搖著頭。

「有多出來的時間，當然就是要讀書才對。學校在三月還有期末考，要是不趁現在仔細把一、二學期的課業複習完，小圓是很難考到好分數的。」

他抱著雙臂走著，並且喃喃說著：「好了，我們該回家了。」

（也對啦，也不是不能理解小計會這樣說……）

今天我出這麼大的失誤，害了大家，實在也不好反駁什麼。

「……知道了，回家吧。」

就在我正準備邁出腳步時，

突然傳出「啊！」地一聲。
原來是小理發出的聲音。
「大家快看！對面有一間看起來超好吃的炸物專賣店耶！」
「什麼？」
聽了小理的話，最快做出反應的人是……小計？
其他三個男孩都笑嘻嘻地看著小計。
「欸欸~小計，你做人最好誠實一點喔~」
「看來我們全體一致通過，決定一起散步了。」
「哇！大家一起出發去散步吧！」
「喂……喂！剛才那個不算啦！我沒有那麼想看炸物專賣店……」
小計雖然急著否認，但大家從背後推著他，開始往車站的反方向前進。
男孩們就跟平常一樣，開始嬉鬧了起來。
看到他們這個樣子，我的心情也稍微好過了一些。

「來吧，小圓，我們走吧。」

小詞對著我微笑。

我也很自然地回以笑容。

「好！」

——就在這時。

**（咦……？）**

眼前的情景，讓我暫停了呼吸。

「……小圓？」

小詞突然停下腳步。

其他男孩也回過頭，用狐疑的表情看著我。

但現在我卻只能站在原地，一動也不能動。

我的腦中一片混亂，無法弄清楚眼前發生的事情。

因為我真的不敢相信。

不敢相信目前的狀況。

為什麼？為什麼會這樣……？

**「——為什麼大家的手變透明了……!?」**

男孩們聽了都睜大眼睛，一起低頭看向自己的手。

就像時間突然停止一樣。

大家都被眼前的狀況嚇得無法動彈，眼前的事實讓我們只能茫然地待在原地。

**「到底發生了什麼事……？」**

小計勉強擠出這句話，但他的聲音也隨著寒冷的天空遠去。

# 7 目標是最高分！

「——簡單來說，就是我們全員的壽命突然處於危險狀態。在不知原因的情形下，我們的身體正在開始變透明。」

小計一臉嚴肅地看著大家。

由於事態嚴重，所以我們到車站附近的公園進行緊急會議，一起討論目前發生的情況。

「之前我一直覺得自己千萬不能弄丟這本書……說不定這是這本書下的『詛咒』。」

我低頭看著膝蓋上的書。

這本書不但很古老，而且還有幾頁怪怪的。

說不定這本書可能藏著某種不好的神祕力量。

「假如這本書真的有詛咒，或許也表示有某種人物或靈異之類的存在，來下這個詛咒吧？」

接著，小詞手摸著下巴說。

「弄丟書後，書就會對持有者產生怨念……又或是這本書原本就有詛咒……？」

小歷像是想到什麼突然說：

「啊，會不會這本書可能也跟我們一樣擁有生命啊？」

這時，小理指著那本書大喊：「對喔！」

「要是那本書已經用人類的姿態出現在這個世界上，那就不是『學科男孩』，而是『詛咒男孩』了嘛！」

**啊哈哈哈**

**啊哈哈哈**

「……」

**唉**

大家笑完後，接著嘆了一口氣。

「唉，現在這個大麻煩真是讓我們一團亂了。」

小計一臉疲累的表情，至於小歷則是走到自動販賣機買了罐熱可可大口喝下。
雖然現在的狀況的確很糟糕……而我們則是慌到完全不知道該怎麼辦的地步。
之前也發生過小詞因為壽命快要結束，而面臨即將消失的狀況。不過，我們對那次狀況的解釋就是這群男孩們『想活在世上』的想法變弱，就會開始讓自己消失。
而且在那之後，男孩們再也沒有出現突然快消失的狀況。
大家也覺得壽命的問題暫時沒有大問題。
但就算是這樣，現在他們突然全部變透明……

## 別離後，將開創自己的未來

這時突然想起籤紙上，那句不太吉利的話。
（「別離」……該不會真的要跟男孩們……？）
這個讓人感到不愉快的想法，突然像是用力揪住我的心一樣。

不會的，才不會變成那樣。一定是弄錯了。

**可是……**

眼前的情況，讓我無法冷靜下來。

沒有任何跡象，男孩們的身體就突然變透明。

這件事是我無論再怎麼努力都無法改變的事實……

小計的嘴巴靠著飲料罐，喝完一口正冒著水氣的熱可可後開始嚴肅說：

「現在莫名其妙的就是我們壽命期限將在兩個月後……，到這個日子前，又有什麼特別的情況嗎？」

小計先是沉默了一下，然後小聲地繼續說。

「雖然還有很多不明朗的地方……但首先我們還是留意小考結束後的狀況吧。」

「你的意思是說，**只要小圓透過確實考到好分數，就能把分數加進來**，延長我們的壽命吧？」

小詞接著發表意見。

然後小歷、小理也跟著點了點頭。

「如果壽命能加回去的話，那我們至少還能放心。畢竟規則沒有改變嘛。」

「對啊。我們的壽命會隨著圓圓的考試分數增加。要是沒達到這個前提，事情就會變得很麻煩。」

嗯……大家說的對。

首先就是我們能確定有「壽命能靠考試分數加上去」的規則。

如果這個規則沒有太大的問題，那現在的狀況應該可以不用太擔心。

（沒問題的……我一定會好好延長他們壽命。）

我像是要緩和不安的心情一樣，一口氣把有點變溫的熱可可喝下。

小計露出嚴肅的表情看著大家。

「我們班明天第二堂課有國字考試。在這之後的午休時間，我們就約在校園後面的垃圾場集合。先看看這次的考試結果，再來決定以後的策略！」

——然後，到了隔天午休時間。

我們五人照昨天的約定，在校園後面的垃圾場集合了。

「……小詞，壽命的事怎麼樣了？」

小計開口問小詞。

大家一臉緊張地等待小詞的回答。

接著在此時——小詞很嚴肅地開口說：

「這樣……看起來**完全沒有變化**。」

咦……

這句話讓我的內心產生動搖。

「真……真的沒變化嗎？剛剛的國字考試滿分四十分，我確定有考到二十分喔！壽命真的一天也沒有延長嗎……？至少也要延長一秒吧……」

我很希望是哪裡弄錯了，所以拚命確認小詞目前的狀況。

但是小詞還是有些不好意思地對我搖搖頭。

**「怎麼這樣……」**

眼前的發展，讓我很絕望。

因為要是考試沒辦法延長他們的壽命，那就只能眼睜睜看他們的壽命一直減少。

至少在過了兩個月後的隔天，男孩們會因為壽命到期而全部消失。

「我們先來整理一下目前的狀況吧。」

冷靜開口說話的人是小理。

「到目前為止，我們都知道延長壽命的關鍵就是圓圓的分數。但是，這次考完試所得到的分數卻沒有讓我們延長壽命……也就是說，壽命的規則可能突然改變了。」

「說得也是，非常有可能是這樣。」

聽完小理的話後，小計抱著雙臂這麼說。

在一旁的小歷也聳聳肩說道：

「唉～也就是說我們能不能延命或消失，都得看神明的心情吧？要是神明一個不高興，或是故意要整人，那我們不就要倒大霉了？」

小理聽完小歷的話後，邊指著他邊說：「我想說的就是這個。」

「以到目前為止的經驗來推測，如果全看神明的心情來發展的話，我倒認為這一切事情不一定是故意整我們的。」

「不是故意整我們的？」

在驚訝之餘，我也用心聽著小理的解釋。

「大家回想一下。至今為止，我們確實都按照規則來達成『目標』。一開始是考到好分數就可以延命。再來是心中保有想要留在這個世界的想法，就能阻止身體消失……所以說，這次的狀況或許是神明又設定了某種規則而已。」

「照規則指示來達成目標嗎……？現在我們的狀況的確像是有某種意義存在。如果真的要我們消失，那大可不用這麼拐彎抹角，直接讓我們消失就行了。」

小計像是突然理解了什麼，點頭同意小理的論點。

小詞也表示同意，喃喃說著：「看來是如此」。

「換句話說，只要我們可以正確判斷要達成的目標，就可以開始計畫。目前為止的案例是『小

**圓考出目標分數』**，還有**『我們的心意變化』**，這次不知道又是什麼……」

「這麼一想的話……我認為果然還是得注意壽命期限將要結束的那一天吧？」

小計想要繼續討論自己剛才發表過的看法。

「或許我們要想出壽命結束前這段日子，是不是有什麼活動，或是必須參與的比賽……」

「啊，這個的話，我大概猜得到。」

小歷舉起手說出自己的意見：

「我今天從班上愛聊八卦的女生們那裡聽到。她們說：**『雖然還沒正式公布，但有聽到老師們都有在講，好像某一天會舉行學年末測驗唷』**。」

**「學……學年末測驗！」**

大家張大眼睛，異口同聲地說：「就是這個！」。

之前我雖然聽過「三月的某一天會考學年末測驗」，但聽說一直沒有決定好到底要哪一天進行。

真不愧是小歷，他真是我們之中最會打聽情報的高手！

「簡單推測的話，很有可能是要小圓**『在學年末測驗中，每一科都考到比以前還要好的分數』**。」

小計握緊拳頭說著。

我聽了以後也點頭回應：

「……畢竟學年末測驗是五年級生在學業上的成果驗收。這也許可以看出我這一年來的學力進步了多少……」

這麼一想，就剛好能說明清楚現在所發生的狀況。

或許……是要靠這個測驗測試我認真讀書後的實力。

要看看我究竟多麼希望跟男孩們繼續一

起生活。

為了實現這個願望，又能付出多少努力……

（考出比以前還要更高的分數……大概**每一科都要超過八十分**吧？）

希望與不安，同時在心中纏繞著。

雖然進步緩慢，但我的成績確實有在提昇。

以前每個科目分數甚至還會考到二十分以下的慘不忍睹成績，但現在平均能超過四十分，情況好的話，還有辦法還可以考到六十分。

但是……我也清楚現在的自己光是提昇一分都要很努力才行。

對我來說，全科目都超過八十分，還是未知的領域。

**（到學年末測驗的日子，大約還有兩個月……我真的有辦法達到目標嗎……？）**

就在我全身緊繃、不知所措的同時，小歷在旁邊低聲說道：

「某種意義上看來，這也算是我們的『**升級測驗**』呢。」

我疑惑地轉過頭看他。

「升級測驗？」

「嗯。就是說要測試我們夠不夠資格升上六年級，還有『以後成為人類』有沒有辦法度過難關。」

說完這句話後，小歷聳聳肩繼續說：

「不過如果真的是那樣，那麼這個神明未免也太喜歡考試了吧？從我們變成人類開始，就一直像是在拚上自己的性命般地考試耶。」

小歷一邊開著玩笑，一邊搔著自己的頭。

本來有些緊繃的氣氛，頓時變得輕鬆許多。

「如果只是解決考試方面的問題，那就簡單多了。我們只要徹底執行每個該做的事就夠了。」

小計一副鼓足幹勁的表情。

小詞、小理、小歷也都一樣，眼睛深處閃著熱烈的光芒。

「不管是多麼艱困的狀況，我們大家都會『全力以赴』。」

「只要我們團結起來，就算對方是神明，我們也不會輸的喔！」

「好喔！我們就團結起來吧！小圓！」

男孩的表情，閃耀著光輝。

只是看著他們，心裡就跟著澎湃起來。

（對啊……現在不是「只有我一人」，而是「大家一起努力」……！）

我感覺今後也可以跟大家一起度過各種難關。

——因為他們是我在這世界最堅強的「家人」。

雖然他們的壽命還讓人無法放心……

但現在我認為只要我們可以團結在一起，任何問題就一定能順利解決。

**「大家要團結起來，一起努力喔！」**

我全身幹勁十足地正面看著男孩們。

而他們也正對著我，認真地點頭回應。

然後小計舉起拳頭大聲說：

「既然下定決心，那我們就要拿出真本事。絕對要超越過去的最高分數！」

「好～～～～～～！！」

# 8 更進一步的考驗

從那一天開始，我們的**「學年末測驗大作戰」**正式開始。

目標是全部科目考出比過去的分數還要高。

要達成這件事當然不容易。

學年末測驗要考的是五年級生所有的學習內容，所以出題範圍比平常的考試更大。

而且現在要複習各科目裡所有單元，就算我願意花上大半時間也不夠用。

（嗯……日本最大的湖泊是什麼……？）

……對了，好像是琵琶湖！

我一邊斜眼看著社會課本，一邊把困難的部分記到筆記本裡。

而午休時間也成了我寶貴的念書時間。

到下一堂課開始前，至少要把這一頁看完……！

**「喂～笨丸。」**

過來干擾我注意力的人，是班上很愛胡鬧的阿松。

走過來的阿松雖然態度好像很不滿，可是表情卻又像是帶著一點開心的感覺。

「你之前在對抗賽上未免也太猛了吧！居然直接在老師面前逃跑，就算是我，也沒想過要這樣！」

……不對，我那時候不是想要逃跑……

我這麼想的同時，再度把視線放回課本，隨便「嗯」地回應他。

畢竟現在不是跟阿松爭論的時候嘛。

「妳那時候真輕鬆耶。我到最後可是一直待在那邊，旁邊其他考試的同學有夠認真的，害我都不敢打瞌睡，實在是累死我了。」

阿松抱怨著當時的情況。

即使如此，我的眼睛依然盯著課本，阿松也開始在旁邊「喂！」地叫我。

「喂！有在聽嗎？笨丸，妳聽得到……」

**「——安靜！」**

小優突然大聲喝止。

在我跟小優說「學年末測驗要考出超越過去分數的最高分」後，她就開始想辦法幫我。

「如果有什麼事情，請用簡潔明瞭的方式於十秒的時間內說完。」

「咦？其……其實也不是有什麼重要的事要說啦……」

被小優犀利的眼神盯著，阿松的態度開始變得有些退縮。

他說話結結巴巴，眼睛也往四處游移……

「……喔，對了，算數！」

阿松靠近坐在旁邊寫著筆記的小計，然後用手拍了一下他的肩膀。

「欸！我們去踢足球吧！」

「我拒絕，要去你自己去。」

「為什麼這樣說啦！喂！阿武，我們去操場吧！小計，一起去嘛！」

「喂！我說我不想去了！別拉著我！」

就這樣，小計被班上的男孩拖出去外面玩了。

呼，總算安靜多了。

現在我要專心，繼續認真閱讀課本。

嗯嗯，琵琶湖位於滋賀縣……

**「好厲害喔……小圓，妳看一下這個！」**

小優發出非常開心的讚嘆聲。

「剛才妳在午休時間寫的數學單元講義，答對的題目居然有六成以上！」

「咦？真的嗎？」

從小優手中收下講義後，我馬上確認自己的成果。

講義上的題目是分數計算……我本來就不擅長數學，常常會出很多錯誤，但這次答對的題目有六成！

「我們一起檢討算錯的題目吧。照這樣繼續加油，小圓最不拿手的數學也有辦法考到比過去更高的分數！」

小優這些話，使我更加振奮。

（沒想到我最不擅長的數學都能算對六成的題目……感覺越來越順利了耶！）

用功讀書後展現出明顯的成果，讓我覺得更有動力。

既然開始變得更有動力，那我就繼續用功讀書吧。

看來……接下來的一切都會超級順利的！

**——但我萬萬沒想到，將會有讓人無法相信的悲劇發生。**

之後我照常上課，事情發生在第四堂的工藝課。

接著上個禮拜的木工課程，我們正在實作各種相關步驟。

**喀拉**

這時，川熊老師一臉著急地過來跟負責工藝課的島本老師講話。

然後島本老師轉過頭來看向我這裡。

**「——花丸、數學，你們過來一下。」**

咦？

突然被老師點名，讓我有些反應不過來。

大家也都很訝異，用一副「發生什麼事」的表情來看著小計。

小計先站了起來。

然後我也跟著站起來，有些害怕地往門外移動。

（到底是怎麼了？是不是因為做了什麼……？）

難不成是午休時間讀書時，掉了太多橡皮擦屑在地上？

還是因為我在走廊上邊走邊默背，所以老師們很擔心我會出意外？

不對，是我的關係的話，那點名小計出來，也很奇怪。

我腦裡思索著最近做過的事，並且走向老師。

老師等我跟小計站好後，嚴肅地將教室門關上。

「請問，怎麼了？」

小計直接詢問老師。

老師交互看著我和小計的臉……然後緩慢且慎重地開口：

「——花丸的奶奶病倒了，聽說已經送到醫院。」

一瞬間。

周圍的聲音，忽然消失無蹤。

（咦……？）

腦裡變得一片空白。

眼前只有看到繼續說話的老師，還有對著老師點頭回應的小計。

但是，他們在說什麼，我卻完全聽不到。

只覺得身體又輕又晃的。

雖然意識很清楚，但又感到自己像是在作夢。

……這個時候，腦裡朦朧地想起新年時抽到的籤。

我的內心猛然跳動了起來。

——別離。

這兩個字是我最不敢想起來的詞。

去年夏天，我突然要跟最喜歡的媽媽別離。

那時候我真的很痛苦、很傷心、很寂寞，內心簡直要崩潰了。

後來是男孩們與小優讓我再度展開笑顏。

但是現在……奶奶她。

小圓。

我腦海裡出現了奶奶叫我的聲音。

（我不要……）

嘴裡的牙齒用力緊咬著。

我不想再次突然失去自己重要的親人。

**我絕對不要又變成這樣……！**

「——小圓。」

直到有人喊我的名字，我才終於回過神來。

（……咦？）

我恍惚地看向旁邊，才發現到小計一臉擔心地望著我。

不只是小計，小詞、小歷和小理也在。

看樣子這裡已經不是學校的走廊。

「妳沒事吧？」

在我思緒還沒轉過來時，小計的聲音先傳進我的耳朵裡。

我沒有回答，而是出聲問：

「這裡是哪裡……？」

「是醫院喔。」

小詞回答我。

（醫院……？）

映入眼簾的是白色的走廊。

現在的我正坐在淡藍色的沙發嗎……？

（為什麼我會在醫院裡……？）

我在上工藝課的時候，川熊老師過來了，還把我跟小計叫去走廊……

回想到這裡後，我的記憶一瞬間恢復了過來。

**「……對了，奶奶她人呢！」**

我緊縮的心，感到一陣寒意。

小歷先是往自己面前的門裡偷瞄了一眼，然後開口說：

「現在教務主任在裡面跟醫院的人說話。大概就快好了……」

「教務主任……？奶奶人呢？是不是在裡面!?」

在心思混亂的當下，我馬上站了起來。

「啊，等一下，小圓……！」

（奶奶……奶奶……！）

我伸長手臂，整個人像是要去搶奪門把一樣衝了過去——這時。

**咔噠。**

「哇！？」

就在只差幾步就能摸到門把的距離時，那扇門剛好打開了……

**「——哎呀，小圓，怎麼大家都來了？」**

安靜的走廊傳出悠哉的說話聲。

我維持著身體向前傾的姿勢，傻傻地張著嘴說話。

「奶奶……？」

奶奶的臉色很好，就跟今天早上一樣很有精神。

……只是，她的右手腕被繃帶包紮了起來。

「奶奶我啊，出門買東西時不小心跌倒了。接下來，好像就暈了過去，詳細的過程我也記不太清楚……等我發現時，就已經變成這樣了。這樣好像出了什麼大事一樣，還真是丟人呢。」

奶奶俏皮地吐舌笑著。

原本全身緊繃的我，突然間放鬆了力氣。

我小心地走到奶奶的身邊，用手碰了碰她的肩膀。

而我也感受到一股溫暖流動到手上。

「奶奶……妳的手會痛嗎……？」

「這個啊，雖然骨折的地方有一點痛，不過沒事的。剛才為了保險起見，我還檢查了一下腦部，還被醫生稱讚我的『大腦很漂亮』呢。呵呵呵。」

奶奶還是跟平常一樣，露出有些調皮的笑容。

太好了……真的是太好了。

一放下心後，我的雙眼立刻湧出淚水。

「真是不好意思，給教務主任添麻煩了。讓您帶孩子們過來這邊看我……」

「不會不會。您沒事才是最好的結果。」

聽完奶奶的話後，教務主任也禮貌地回應。

我對教務主任鞠躬道謝後，整個人虛脫地走回男孩們待著的沙發那裡。

大家表情輕鬆的笑著跟我交談。

「圓圓，小梅奶奶沒有大礙，真的太好了呢。」

「老師跟我講奶奶出事時，我也是嚇出一身冷汗了。」

「但老師有對我們說：『雖然有骨折，但不用擔心，並沒有生命上的危險』，所以我們還算是很放心啦～」

「咦？是這樣嗎？」

這我沒有聽到耶……

「因為小圓只有聽到『病倒了』，之後老師說的話都聽不進去。教務主任開車載我們過來時，雖然也把一切的狀況告訴我們，只是小圓一直心不在焉。」

小計渾身無力般地苦笑著。

原來如此，我因為太過恐慌，所以沒有好好把話聽完。

感到放心之後，我全身都癱軟在沙發上了。

（唉……真的嚇死我了……！）

我用手指擦了擦眼淚時——忽然想起媽媽的臉。

（……媽媽，請妳一定要保佑奶奶。）

這麼想後，我又開始流眼淚了。

# 9 家事分配大作戰！

**「現在開始我們的家事分配軍事會議！」**

**咚咚！**

客廳響著敲擊大鼓的聲音。

我睜大眼睛看過去，聲音的源頭是小歷。

「小歷，你這樣是在做什麼啊？」

「說到作戰當然就要有大鼓，然後還要有軍事會議呀！因為跟神明的這一戰，我們非贏不可，所以一定要卯足全力啦！」

**「軍事會議？」**

我歪著頭表示聽不懂，這時小歷做出敲擊大鼓的架式，雙眼炯炯有神地認真講解：

「簡單地說，就是討論作戰計畫的會議。在戰國時代，軍隊會聚集我方有能力的武將，一同分享自己的意見。例如：要用什麼方法打擊敵人、要從什麼地方開始進攻、要用多少士兵去作戰。大概就是這樣啦！如果可以有好的作戰計畫，就算人數先輸給對方，也有辦法逆轉勝。這類出名的日本戰役就是平安時代末期的『俱利伽羅峠之戰』，和戰國時代的『桶狹間之戰』……」

**「所以，你有什麼好的作戰計畫嗎？」**

看著講得正起勁的小曆，小計直接插嘴詢問。

這時小曆咧著嘴展開燦爛的笑容。

**「這就要大家現在開始想嘛！我們期待已久的軍師～小計先生！」**

小曆拍著小計的肩膀，而小計表情還有些皺著眉頭。

不過，小計似乎不討厭被小曆說很期待自己的表現。

小計先是很不好意思地嘟著嘴，然後一邊發表意見。

「小梅奶奶的傷痊癒需要**兩個月**的時間。所以在這個期間，小梅奶奶不方便自己一個人做家事。因此這個家裡所有的家事要由我們五個人來分擔。」

大家邊聽邊點頭表示同意。

就算奶奶說「一隻手也可以做家事」，但為了讓她可以早日痊癒，還是希望她別太勉強自己。

「但是，這兩個月的時間剛好會跟準備學年末測驗的讀書計畫撞期。因此這次家事分配的成員裡，我認為要將小圓排除在外。」

接著小計看向大家。

這時，其他三人也紛紛表達自己對這個意見的看法。

「我贊成！家事就交給我們四個人應付就行了。」

「嗯，要圓圓同時處理讀書、家事的話，可能還會讓圓圓累倒。」

「我也覺得這麼做沒錯。這次就讓小圓把注意力集中在讀書吧。」

聽大家這樣說，讓我心裡有一點點猶豫。

**（……老實說，我希望自己也能分擔一點家事……）**

不過我沒有把這個想法說出來，只是在旁邊繼續跟上男孩們的討論。

「那麼我們開始提出比較重要的家事項目，並且記錄在筆記本上。首先要提的項目是準備三餐、用餐後整理碗筷、洗衣、打掃……」

小詞開始動筆寫字，這時小理舉起手大聲呼叫。

「我要提議！料理就讓我來！早餐、晚餐我來負責做！」

「提議的真對，我們當中的確只有小理比較會煮飯呢～。那收拾碗筷就包在我身上囉。還有，出門買菜跟打掃廚房也都讓我來吧。」

小理和小歷主動接下分擔特定家事的任務後，小詞也繼續將他們記在各自項目的負責人名單上。

「我知道了。那麼打掃房間的工作就由小計來負責，至於我則是洗衣跟燙衣服。剩下的還有補充家中的消耗品，以及分類垃圾的工作。」

「嗯，現階段先這麼安排就好。我們先一邊負責自己分擔到的家事，一邊觀察過程中會出什麼問題，然後再討論該怎麼安排剩下的那些家事。」

才一下子的時間，事情就有這麼大的進展。

大家都從各自擅長的領域裡找家事來做，我完全沒辦法插手。

**（但是我……）**

「剩下來的就是我們在讀書行程表上的排班。我們要分出誰在做家事的期間，誰又有空可以負責擔任小圓的家庭教師……」

「等一下。」

我直接打斷小計的話。

「如果可以的話……**可不可以也讓我分擔一點家事？**」

男孩們聽了，每個都一臉驚訝地看著我。

我在膝蓋上緊握著雙拳，繼續說：

「我很感謝大家這麼為我著想，而且我也知道自己現在必須認真讀書。但是……我還是想跟大家一樣，一起家事分配。因為……我也是你們的『**家人**』。」

媽媽過世的時候……我什麼事都辦不到。

當我知道遠在國外的媽媽因為生病而突然去世後，即使到了現在，只要一想起媽媽當時的不安，還是一樣會讓我感到難過。

——**但是，現在有些事是我有能力做到的。**

那就是努力用功讀書，幫男孩們延長壽命。

還有幫受傷的奶奶分擔家事。

我們都是一家人，所以我要為家人貢獻一份心力。

特別是大家幫助我從失去媽媽的痛苦中重新站起來，這次就輪到我為大家盡心盡力了。

「對不起，這次我又任性了。但是大家不讓我幫忙家事，我覺得自己會在意得沒辦法集中精神讀書。所以……這兩個月，讓我做一點點家事吧。」

當然，這個家事分配，希望以讓我確保身體能夠負擔為前提，並且能適當達到盡力幫忙大家的程度。

如果這是神明給予的考驗……那我希望可以跟大家同心協力度過這個考驗！

我抱著這種決心看向大家。

然後……

**「……我知道了。」**

小計正視我的雙眼，並且說：

「既然小圓有這份決心，那我們就盡全力協助妳，盡可能重新分配家事給妳做。」

小計堅定的話語，增添了我不少信心。

一旁的小詞、小理、小歷也跟著笑起來。

「那麼，這次先以我們的安排為基礎，盡量以不勉強小圓的程度下，讓小圓協助我們做家事吧。」

「好呀，我覺得這樣很棒。做家事時還能討論複習的內容。這樣就一點也不會浪費時間了。」

「對啊！聽說也有人做過實驗，發現在不同的場所讀書，可以幫助增加記憶。」

大家的反應都很正面。

在這種非常時刻，只要大家有共度難關的想法，自然就可以團結在一起。

「那就這樣啦！我們馬上開始分工合作，把今天累積的家事都解決掉吧！全軍出陣！」

咚咚！

小歷又使勁地敲出氣勢雄壯的大鼓聲

# 10 學科男孩的「家事和念書」課程！

★～料理×自然～★

「好高興喔！能跟圓圓一起做菜耶！」

小理跟我一邊在廚房一起準備飯菜，一邊開心地聊天。

「雖然我不知道自己能幫多少忙，但有需要幫忙的地方儘管說！」

「當然囉！我會讓圓圓多幫忙的！」

小理調皮地笑著。

事實上也如他所說的，跟他一起準備飯菜的工作還挺難的。

「圓圓，麻煩妳幫我削掉蔬菜上的皮！」

「喔……好！」

「接下來是這邊！把鍋子裡的水煮沸！」

「知……知道了！」

聽著小理的指示，我在廚房裡快步穿梭。

而且同時，小理還會不斷考我一些問題。

「圓圓，**在什麼情形下，明礬和砂糖會變得易溶於水？**請說出兩個答案。」

「呃～……水量較多的時候……」

明礬還有什麼時候會變得易溶於水啊……？

在思考這個問題的時候，我的眼睛剛好看向鍋子。

裡頭有沸騰的熱水，還有丟在裡面熬成高湯的柴魚片……

「啊，對了！水的溫度變高的時候，就會易溶於水！」

「答對了！圓圓，妳答得很棒唷！」

在鍋子做著味噌湯的同時，我們接下來要準備處理魚肉。

然後小理將魚放在砧板上。

**「『臀鰭』是魚哪裡的鰭呢？」**

臀鰭？呃～說是「臀鰭」那就是臀部了……

「是這邊吧？」

「錯囉！這裡是『尾鰭』，正確答案是這裡喔。」

咦？是這樣嗎？

「『臀鰭』和『尾鰭』這兩個是很容易認錯的部位。尾鰭的『尾』字代表的是尾巴，所以可以用『尾巴長在最後面』來記憶。然後臀鰭是屁股，我們就要用接近肛門這個部位來記憶。」

**「原來如此！」**

「尾鰭」就是尾巴長在最後面，「臀鰭」是接近肛門的部位。

接著是長在背上的「背鰭」……

為了確認，我特別用手指出小魚上的背鰭。

好！這樣我以後就不會再認錯了！

（……不過，一邊動腦學東西一邊做菜還真辛苦呢。）

必須逼自己同時進行各種作業，真是讓我的腦筋有點跟不上耶。

「好了，現在要切洋蔥了喔。這個工作我來就好了，小龍就麻煩圓圓照顧了。」

小理邊說邊把小龍放在我的肩膀上。

「真是太好了，其實我很怕切洋蔥……」

我的眼睛只要一被洋蔥薰到，眼淚就會停不下來。

奶奶在切洋蔥的時候，我甚至會跑到二樓去避難呢。

「圓圓，這個護目鏡借妳戴，這樣可以避免被薰到流眼淚。」

小理將自己的護目鏡拿下來直接遞給我。

「咦？我可以用嗎？」

我驚訝地問著他。

「啊，但這樣小理切洋蔥時就會……」

因此，我開始猶豫要不要接下護目鏡。

但這時，小理用手捧住我的臉頰。

「……就算是因為洋蔥流淚，我也不想再看到圓圓流眼淚嘛。」

小理說話的同時也流露出溫柔的笑容。

我也因此心跳加速了一下，只好慌忙地低下頭轉移視線。

（小……小理雖然天真無邪，但他有時會突然帥到讓人嚇一跳耶……）

「謝……謝謝！這個就借我戴了唷。」

我想趕快平復心跳不已的感覺，所以一拿到護目鏡就馬上戴了起來。

「切洋蔥時會讓裡頭的二烯丙基二硫散發在空氣裡，所以當眼睛和鼻子碰觸到這個刺激成分後就想要流眼淚。像這個時候最好是戴上高氣密性的護目鏡，或是直接摀住鼻子。」

「知道了，要摀住鼻子對吧！……可是小理你真的沒關係嗎？」

這時小理呵地一聲，很有自信地笑了一下。

「這時候要注意的重點就是盡量別讓二烯丙基二硫散發到空氣中。所以我要做的就是拿穩菜刀，一口氣全切完，盡可能別破壞洋蔥的細胞就行了。」

小理邊說邊把菜刀舉起來。

接著他說：

「好了，我要一口氣切完囉！」

**噠噠噠噠噠**

小理用很快的速度將洋蔥切開。

而且用了這麼快的速度，切出來的洋蔥丁全都是一樣的大小！

**「嗚啊～！毫膩害喔！（哇～！好厲害喔！）」**

我一邊用全力遮著自己的鼻子，一邊大聲讚嘆小理的刀法。

其他切洋蔥不被薰得掉淚的方法還有「將洋蔥浸在水裡後再下刀切開」「將洋蔥放進冰箱冷藏後再拿出來切開」等等！有機會也請大家多嘗試喔。

## ★～清洗碗盤×社會～★

吃完飯後，負責清洗碗盤的人是小歷。

而我也一起幫忙。

**「哇～小理那傢伙做料理還真是誇張耶！」**

廚房裡混亂的情景，讓小歷看傻了眼。

小理雖然很會做美味的料理，但是做菜的方式相當奔放。

有許多髒兮兮的調理工具散亂地丟在廚房裡，而調理台上也沾滿了油和其他不知道是什麼的液體。

還有我也一樣，因為不算是很擅長做料理，所以也有把廚房的許多地方弄髒。

「算了，反正飯菜很好吃。我們趕快把碗盤通通洗乾淨吧！」

「好！」

我們先是把洗碗槽的環境收拾乾淨。

然後再合作，開始刷洗碗盤跟鍋子。

「我們今天吃的天婦羅和綜合炸物，作為外皮的麵衣不是用麵粉做出來的嗎？麵粉的原料是小麥，而在日本所使用的小麥，大多都是向美國等其他國家購買的喔。」

「喔～原來是這樣啊！」

**「這種國家跟外國購買物資的行為，我們稱為什麼呢？」**

哇！跟小歷一起做家事也得回答問題才行！

突然問問題讓我嚇了一跳，我的腦筋一下子有點轉不過來。

買物品「進入」國家裡……

「呃……是進口嗎？」

「沒錯！相反地，如果是從日本將物資賣出去給外國，就是稱為『出口』。而雙方對彼此進行進口、出口的交易活動則稱為『貿易』。到這邊妳還跟得上嗎？」

**「嗯，跟得上！」**

進口、出口、貿易。

這些關鍵字我已經確實記下來了。

「那我們打個比方來說，現在我是美國，小圓是日本，而這個盤子當作是小麥。首先第一步，我要出口小麥了喔。」

小歷把水槽裡清洗好的盤子遞給我。

我順手拿過盤子後，就直接放到瀝水籃裡。

「買到的小麥被做成好好吃的麵粉囉～」

「哈哈哈，ＯＫ，那我要一直出口了！來買喔～很便宜唷～！」

小歷開始加快洗碗盤的速度。

「哇，等……等我一下……」

我慌忙地把不斷遞過來盤子放進瀝水籃裡。

拿過來、再放進去……

「……停！」

小歷的手突然停了下來。

「我現在改變心意了，我不再出口小麥給日本了！」

「咦～！」

這時我伸出的手因為沒有東西可以拿，而呆呆停留在空中。

小歷看到發呆的我，開始咧嘴笑著。

「小圓現在這樣就是只能等待外國出口的狀態。這種狀態在現實中是很危險的。因為日本所使用的小麥，有九〇％是來自外國的進口品。」

「咦……有九〇％這麼多啊!?」

「沒錯，當外國終止進口小麥時，小麥在我們國內就會變成貴重物品，價格有可能會突然飆漲。使用麵粉製作的天婦羅、御好燒、蛋糕、餅乾等食物，也可能會變得很不容易吃到。」

「怎麼這樣……」

這樣我會很煩惱啦！

用麵粉做的好吃食物有很多耶！

「所以人們都說日本有能力消費國內自產的食物原料，**成為『糧食某某率』高的國家是很重要的觀念。這裡考妳一下，剛才說的『某某』要填上什麼詞呢？**」

啊，這個詞，之前的課堂上好像有學過！

記得是某個聽起來跟自己很像的意思，所以我有特別去記。

是什麼呢？那個跟「自己」很像的詞……？

「啊！我想起來了！是自給！」

「答對了！就是『糧食自給率』！」

太好啦！

我開心地握拳做出勝利姿勢。

「要寫『自給』的話，是不是用『自我』的『自』和『給予』的『給』組合出來的？」

我馬上用手指在空中寫字確認。

「……嗯，對啊。」

小歷說話的聲調忽然變得很低落。

他的視線往下，眉毛也垂成八字，表情看起來好像很傷心。

「咦？小歷？」

他怎麼突然變這樣。

我邊擔心邊盯著他的臉看。

**握住。**

（咦）

——我的手突然被他握住了!?

「小圓，我們雖然一起發生過這麼多事……我們之間，是不是真的沒辦法復合了？」

**「咦？」**

「我承認我錯了，我願意為我的錯誤道歉。」

小歷用很認真的眼神看著我。

然後他維持這種表情，臉也逐漸逼近過來。

（咦？現……現在是怎樣？根本不知道他在說什麼!?）

看到這突如其來的進展，我只是一動也不動地站在原地。

小歷的臉逐漸靠近我，我的心跳也不禁開始加速。

他好像想要跟我說什麼，開始靠過來微微張著口。

（哇、哇、哇……！）

在我陷入慌亂時，小歷的嘴已經靠到我的耳朵旁——。

用美妙的聲音對著我輕聲細語。

「小圓，如果妳願意的話……**可不可以再跟我買小麥啊？**」

**什麼？**

出現在我眼前的是，上面還沾著泡沫的盤子。

然後小歷從盤子的旁邊探出頭來。

「**再次開啟進口**！請收下好好吃的小麥～！」

他又笑嘻嘻地對我賊笑。

（什麼嘛～原來他還在玩剛才的小麥貿易遊戲！）

討厭！害我被他奇怪的舉動嚇到。

我微微搖頭想要把紅著臉的模樣甩掉，然後再度笑著接過小歷的手上的盤子。

「ＯＫ！那我要用這個小麥來烤餅乾囉！」

「好耶～！我一定要把小圓烤出來的餅乾通通買起來～！」

就這樣，我們一邊開心地笑著聊天，一邊重新開始收拾碗盤的工作。

**其實日本的糧食自給率比一般人想像的還要低，例如，「黃豆」的自給率就明顯不足。日本黃豆的使用量裡有九〇%以上仰賴國外進口，這確實很讓人震驚呢～。註**

註：台灣小麥的進口率高達九九%，黃豆則是九〇%以上。

## ★～洗衣×國語～★

「小圓，洗碗，辛苦了。」

走進客廳時，看到小詞一個人坐在裡面。

小詞身旁的小桌子上，還有他摺起來剛洗好的衣服。

看到這個景象，我立刻跑到他的身邊坐下。

「可以讓我幫你摺洗好的衣服嗎？」

「當然可以！那就麻煩妳了。」

「好！」

於是我開始跟小詞一起摺衣服了。

（呼，有種鬆了一口氣的感覺。）

從準備飯菜到收拾碗盤，總覺得我一直走來走去，沒有坐下來休息的機會。

而且待在小詞身邊時，忙碌的感覺不但舒緩了許多，做家事的氣氛也會比較放鬆。

都想跟他一起喝杯溫暖的熱茶了。

「小圓，現在可以問妳一個關於午餐的問題嗎？」

小詞如此說道。

「咦？嗯，什麼問題呢？」

我在疑惑的同時，也點頭答應了他的提問。

因為現在明明是晚上，為什麼不是問我關於晚餐的問題啊？

「那麼，請妳聽好了。**請問『昼食[註]』在日文中是和語、漢語、外來語，這三種裡的哪一種？**」

**「欸？」**

因為不是預想中的問題，所以我一不留神就發出傻傻的怪聲。

不過仔細一想，其他男孩都會在做家事時出問題考我，所以小詞也不太可能會跟我閒聊午餐的話題。

註：「昼」在中文為「晝」之異體字。在日文中一般被認定為是「白天」。漢唐時期，三餐制成主流，在原來早晚兩餐基礎上加上午餐，午餐稱昼食，依《説文解字約注》：「許雲昼食，謂中午之食也。」

不行，不行。

都是悠閒摺衣服的氣氛，讓我一時大意了。

「簡單地說，**和語**是日本古時候流傳至今的字詞。**漢語**則是從前由中國傳至日本的字詞，又或者是和語後來跟漢語組合起來的字詞。而**外來語**是將美國、歐洲國家的字詞，用日語拼音出來的詞。」

聽了小詞的說明，我也回想起這個上課內容了。

記得好像是之前班際對抗的「和語、漢語、外來語大戰」！

例如：手邊這個「毛巾」[註]，就是外來語的一種。

用片假名寫出來像英語的詞，很容易就能分辨出是外來語……

「請問……和語跟漢語要怎麼分辨啊？」

和語就算是從日本古時候就有的詞，但也很常看到漢字啊……

「這邊給妳一個提示，妳可以從字詞的『音讀』和『訓讀』來判斷。字詞中的漢字使用音讀的字詞，都會是漢語。而漢字使用訓讀的詞，就全是和語了。」

「看漢字是音讀，還是訓讀嗎……？」

我小聲唸著這個重點，開始用心思考。

也就是說確認「午餐（昼食）」的「昼（ちゅう）」和「食（しょく）」是音讀或訓讀，就可以知道是什麼詞。

只讀「昼」的話，就是讀作「ひる」。

只讀「食」的話，就是「たべる」。

（訓讀是日本以前就有的讀法……）

嗯——，到底是哪一個呢？「ちゅう」還是「ひる」，「しょく」還是「たべる」。

要比較的話，我覺得「ひる」跟「たべる」比較像是古時候就流傳下來的話。

所以……

「……『昼食』是**漢語**？」

註：日本的「毛巾」多半發音作「タオル」，源於美語「towel」。

「答對了，妳答得很不錯喔。」
小詞高興地微笑著。
「太好了！」
**（雖然小詞有給我提示，不過這也算是靠自己解開問題呢～！）**
我開心地把臉埋進剛摺好的毛巾。
洗得很乾淨的毛巾觸感很柔軟，光摸著就覺得很舒服。
「對了，昼食的和語又要怎麼講呢？是お昼ごはん嗎？」
「不是，是昼飯（ひるめし）喔。お昼ごはん因為其中的『飯（はん）』是音讀，所以不算和語。順便一提，昼食的外來語是『ランチ』。」
「喔～原來如此！」
不管是哪一種，平常大家都用得很自然呢。
我在心裡敬佩小詞懂這麼多時，小詞又接著說下去。
「其實有個訣竅可以簡單分辨音讀和訓讀。只要學起來，以後看到什麼詞就會知道怎麼唸喔。」
「真的嗎!?」
小詞仔細摺著襯衫的同時，也開始對我解說。
「首先，訓讀的特徵就是『單獨使用也能聽出意義』的字詞。例如，小圓的姓氏『花丸』，其中的『花』會讀作『はな』，這樣我們就可以知道是指『お花（はな）』。但是『花』用另一種的讀音『か』，我們就判斷不出來是在講什麼字詞。」
「只唸一個『か』，的確不知道是講什麼東西。」

「是的。這也就是為什麼『はな』是訓讀，『か』是音讀的原因。還有，漢字後面接假名的詞，全部都是訓讀。例如『話す』、『学ぶ』等等。這種漢字後面接假名的詞，也有『單獨使用也能讓人理解意義』的性質。」

真的耶。

小詞的姓氏「國語」，雖然兩個字分別讀成「コク」和「ゴ」會讓人分不清楚意思，但是分別用「くに」和「かたる」本身的意思可以讓人讀懂了！

「分辨音讀的話，雖然可以用其他方法來詳細理解，但小圓目前還是先用學會一個重點來分辨就行了。那就是該字詞在單獨來看時，如果讀音無法讀出意義……那麼這個字詞就會是音讀。」

小詞把單個襪子拿起來，並且對著我笑。

對喔……音讀如果只單獨一個的話就無法使用，就跟襪子一樣。

嗯，我對這個觀念已經留下一點印象了！

「謝謝你，小詞！」

「那麼，作為最後的收尾……」

小詞突然把手伸出來。

（咦……!?）

小詞把手疊放在我的手背上。

當我驚訝地看著小詞時，他已經將頭湊到我的身旁，並且注視著我的臉。

「握手是和語還是漢語？」

「咦……咦……？」

在我張著嘴說不出話的時候，我們兩人的手指漸漸地纏在一起。

這讓我像是著火一樣開始渾身發燙。

這……這哪是什麼握手，根本是兩個談戀愛的人才會做的動作吧……？

嗚……我腦裡已經開始一片空白了！

「握握……握手……？」

握、手。

呃……兩個字都不能聽出是什麼字，光是一個字就讓人無法瞭解意義……

所以……如果這是音讀的話……

**「是……漢語嗎？」**

「答對了。」

小詞顯露出砂糖般甜蜜的笑容。

然後——

**「……要是妳能多花時間思考會更好。」**

小詞將那隻手收回去放在自己的嘴唇邊，然後噗哧地一笑。

「嗚……」

**噗咻。**

這太過刺激了，我整個頭簡直都冒煙了。

或許是因為我太不瞭解握手的意思，才會讓自己心跳個不停。

有些外來語已經成為現代日本司空見慣的詞了。例如：「歌牌」和「澆水器」，其語源其實是屬於葡萄牙語的「carta」和「Jorro」。其他還有「南瓜」、「天婦羅」、「金平糖」[註]等等，大家以為是和語，但事實上也是屬於外來語，所以有空時也請多查閱字典，看看有哪些詞是外來語喔。

註：南瓜的日文發音「かぼちゃ」是來自國家柬埔寨 Cambodia 發音「カンボジア」，十六世紀由來自柬埔寨的葡萄牙人帶到日本，後來演變而成；天婦羅的日文發音「てんぷら」有一種說法是十六世紀葡萄牙人信奉天主教，在「大齋期」（四旬齋期）的四十天內，依齋戒規定不能吃肉，但可以吃魚，拉丁文發音為 Tempora；金平糖的發音「こんぺいとう」也是十六世紀是葡萄牙語「confeito」轉過來的，意思是糖果或甜點。

# 11　澡堂的偶發意外

★～清掃×數學～★

在讓人害羞的摺衣服結束後，接下來就是最後的家事，打掃浴室。
這個家事做完後，今天我幫忙家事的部分就算結束了。

**刷刷刷刷**

用刷子刷出好多泡泡來刷洗浴缸。
在刷洗的當下，我也在腦裡中想著數字。
「呃～要計算3.2×4.5的話，首先要捨棄小數點進行計算。」

**刷刷刷刷**

「5×2是『五二得十』，5×3是『五三十五』……」

**刷刷刷刷、啾啾啾啾**

「……答案是14.3吧？」

「答錯啦——！」

**嘩啦～～！**

一旁的小計拿起水桶，用力地在浴室裡潑著大量的水。

嗚……都濺到我的臉上了……

「答案是14.4！妳從剛才開始二位數的計算就常常算錯！」

**「因……因為人家不太會算嘛……」**

之前我曾被說九九乘法表背錯了，再加上我自己也有幾次用錯誤的乘法來計算，所以現在用正確的乘法，反而讓腦裡變得很混亂。

雖然我也有用正確的乘法練習過好幾次……

我垂頭喪氣地看著鏡子上寫出來的計算式。

數字因為水滴而流下來的樣子，就像是在哭泣。

（……現在最想哭的人是我才對……）

明明我自己主動說「想要一起分擔家事」，還讓大家用心為我準備好在家事中順便複習功課的課程……

可是我從剛才就一直計算錯誤……真是丟臉。

對著情緒陷入低潮的我，小計在旁邊輕輕嘆了口氣。

「看來得想辦法幫妳減少計算錯誤的失誤了……對了，不然先教妳一種**有趣的計算方法**，讓妳轉換一下心情好了。」

「咦？」

我抬起頭來，看到小計咧著嘴對我笑。

**「我要教妳『11乘以二位數』時的祕訣。」**

11乘以二位數的祕訣？

光是聽到這裡，我就很想直接放棄了。

因為我就是不太會計算二位數的數學嘛⋯⋯

「妳先計算11×24吧。」

小計不理會我不想嘗試的心情，直接考我計算題。

而我也不情願地在浴室牆壁上寫出算式。

「我想想喔⋯⋯」

嗯⋯⋯

在一陣子跟數字的纏鬥後，我終於說出答案。

「答案是⋯⋯264吧？」

「那我們來看看這個答案對不對。首先妳把11所乘的數字拆開來，取出十位數跟個位數數字加在一起。」

乘以的數字是24。

所以是 2+4……

「加起來是 6。」

「妳把這個 6 放在 2 跟 4 的中間，就是答案了。」

**「欸？」**

聽了小計這個讓人意外的話，讓我不小心發出怪聲。

中間放進 6 的數字……？

我歪著頭用小計說的數字，來跟剛才用筆算出的答案互相比對。

「264……？啊，都一樣耶！」

**可是怎麼會這樣啊？**

本來要辛苦動腦才能計算出的答案，為什麼用加法和拼湊數字的方式就能在幾秒的時間內解出來？

「這是因為數字有很多種有趣的法則喔。」

小計一臉得意地開始解說。

「這個方法需要注意的就是十位數和個位數加起來後，是否為10以上的數字。例如：11×19，妳先算算答案是多少？」

「呃……1+9的話就是10吧……」

我用小計現在教我的方法計算11×19。把10放在1跟9之間……答案就是1109？奇怪？數字怎麼比剛才乘以24的答案還要大上更多？

11×24的答案照理說應該會比11×19還要大才對……

「數字加起來是10以上的數字時，妳必須先將前面的十位數乘以後面的數字，然後在後面加一個『0』，最後再把乘以的數字再加上去，就是答案。像這題的例子裡我們要用『11』乘以『19』，後面加個『0』，成為『190』，最後再把『19』加上去，就可以了。」

「所以說，19，後面放入0，再加上乘以的19……所以答案是209！」

然後我在旁邊驗算一下，答案就是209！

**答案一樣耶！**

「哇！好厲害喔！數字真是神奇呢！」

小計看著發出驚嘆聲的我，露出高興的笑容。

總覺得這個清掃浴室時的特別課程，比平常的課程還更容易讓我吸收內容呢！

這樣我以後進浴室，就會想起11的乘法了！

「好了，妳再繼續開始清掃吧。」

「好的～」

回應小計後，我又再度拿起刷子刷洗浴缸。

我偷瞄了一眼小計，看見他一臉認真地在清理浴室。

他將手伸直，幾乎就要碰到天花板的那一瞬間……

（啊……）

這時他上半身突然露出一部分。

看傻眼的我，注視著小計衣服下的側腹部。

# 花丸圓 100分

那裡有著媽媽寫的字。

是去年四月，媽媽寫在數學課本上的字，而且那還是我們兩人祕密的魔法咒語。

自從在小計的身上看到這些字，我才開始相信男孩們不是真正的人類，而是從我的課本誕生出來的存在……

我的胸口痛苦得像是被揪住了一樣。

這群男孩不是真正的人類。

他們的生命會被我的學業表現影響。

（我得振作起來，不管家事、念書都要好好努力……）

雖然我心裡頭對自己加油打氣，但這時不小心看到小計有些變透明的手，內心又感到一陣陣疼痛。

跟其他三個男孩一起做家事時，我會盡可能地不去在意他們的身體狀況，但只要一看到他們漸漸變透明的手，還是會感到很心痛。

根據我學年末測驗的成績表現……他們四個人會一起離開我的身邊。

只要預想這個最糟糕的結局，我的手就開始發抖。

要是考試成績沒有達到神明的標準，我又要怎麼辦？

如果跟對抗賽那次一樣，出現突發狀況時我又該怎麼辦。

「小圓。」

小計的聲音把我從恍惚中喚醒。

「啊，沒事！你看，我手有在動喔。」

我著急地拿著海綿繼續刷洗。

不過，我果然還是難以集中注意力……

**「……妳覺得很不安嗎？」**

小計小聲地說道。

被這句話嚇到的我，抬起頭來看著他

小計用側面對著我，認真地刷洗牆壁上的汙垢，並且繼續說著。

「妳別擔心，我們絕對不會消失的。與其花時間在那裡瞎擔心，還不如多解一道計算題。現在考考妳，2.5 × 8.4是多少？」

說完後，小計就將視線對著我。

他的眼神沒有一點猶豫，就跟平常一樣毫不偏斜地正視著我，這讓我的心底逐漸湧出一股暖流。

（小計他……很相信我。而且是打從心底相信我。）

不是只有小計相信我，其他男孩一定也是這樣。

就算身體開始變透明，他們沒有顯得慌張，也沒有開始絕望。

這是因為……大家都相信我有能力辦到。

（所以我也要……我也必須相信大家！）

「謝謝你，小計。我……」

我想要跟小計道謝，所以我手撐著浴缸的邊緣站起來。

**滑溜**

「嗚哇!?」

但我因為泡沫的關係突然滑倒，這時小計也馬上過來扶著我。

「妳……妳沒事吧？」

「嗯，謝謝……」

現在我差點要停止呼吸了。

因為小計的臉幾乎要碰到我的鼻子了。

他因為擔心我，而有些瞇起來的雙眼正在仔細觀察著我。

**噗嗵**

我的心臟在胸口深處小聲地響著。

「那……那個……」

「小圓。」

小計叫了我的名字。

他的聲音跟平時不同，聽起來有些緊張……

（小計……？）

我覺得身體有點發熱。

同時也覺得鼻子裡癢癢的……

……嗯？**癢癢的……？**

「哈……」

「哈？」

「……**哈————啾!!**嗚哇!?」

**滑溜～咚！**

**「哎呀！」**

因為我突然打噴嚏的關係，讓腳底滑了一跤，也害小計在無法扶著我的同時，頭部往後方撞到牆壁。

**「……痛死我了！」**

小計抱著頭蹲下來。

看到小計這樣，我也慌張地蹲在小計身旁。

「對、對、對不起，小計！」

小計轉頭過來，並且瞪眼氣呼呼地看著我。

**「嗚……我看在我壽命消失之前，會先因為後腦杓遭到重擊死掉……！」**

對……對不起……

# 小計的數學乘法祕訣

在此介紹用直線來計算出乘法的有趣方法。
這種方法也可以用在三位數的乘法上喔！

**例如：** 11×24 的計算

① 按照 11 的十位數「1」和個位數「1」的數字數量，畫出互相平行的斜線。

**重點**
請注意直線方向

② 接著按照 24 的十位數「2」和個位數「4」的數字數量，畫出互相平行並且和步驟 1 線段垂直交叉的斜線。

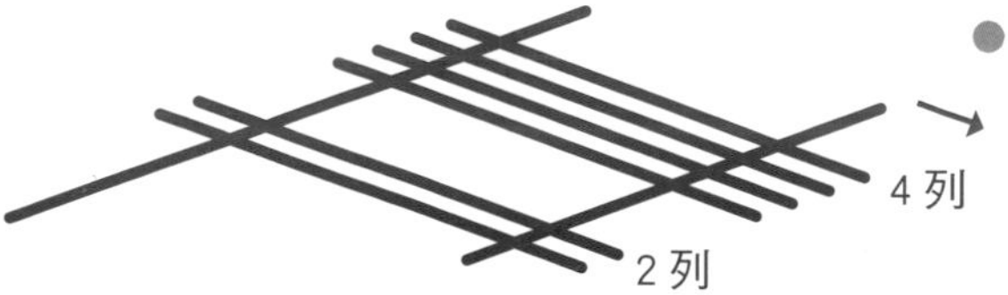


③ 請用由左至右的順序，數出各列端點的數量。（此例當中最左邊的一列是「2」，中間的一列是「6」，最右邊的一列是「4」。）

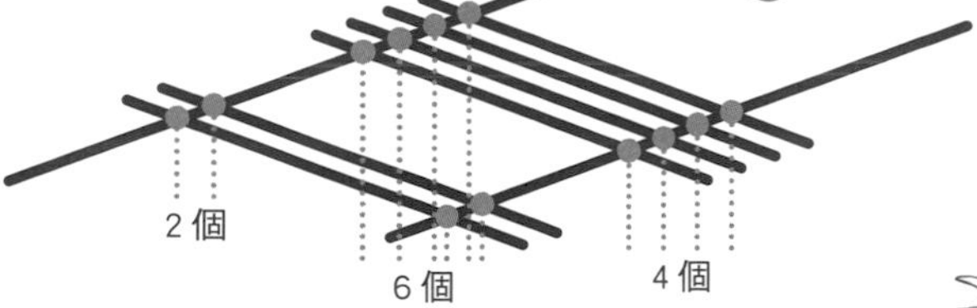


④ 答案是「264」！

**請大家一定要試試這個方法喔！**

# 12 最壞的發展

「我出門囉！……啊！」

早上剛步出家門的瞬間，我突然想起一件事而折返家裡。

「奶奶，今天是回收可燃垃圾的日子！」

我在玄關大聲說話，奶奶也從客廳探出頭來。

「哎呀，好的。奶奶就用左手丟垃圾吧。」

「奶奶，別太勉強自己喔。奶奶現在的任務就是盡快讓傷口復原！」

於是我直接衝進廚房，兩手提著昨天整理好的垃圾跑出去。

**「現在我真的要出門囉！」**

「謝謝妳啊，路上小心唷～」

「好～」

——自從奶奶受傷的那天開始，已經過了一個半月。

剛開始打起精神努力做家事時，我們每天都累得要命。

即使我們五人一起分工合作，也是會忘東忘西、沒把事情做好，每天都超慌亂的！

現在想起奶奶每天一個人就能包辦所有家事，就覺得她真的很厲害。

我真該反省自己之前都沒有好好幫忙做家事。

（……呼～！還好沒有忘記丟垃圾！）

我在垃圾場放好垃圾後，就急忙往反方向衝刺。

「小圓，快一點啦，不然會遲到喔。」

「我知道啦！」

跟男孩們會合後，我們就一起上學去。

「只剩一個禮拜就要考試了呢。」

小歷說完這句話後，繼續點頭說：「時間過的真快啊～」

「才一下子就已經到了三月了耶。」

「是啊，真是名符其實的『光陰似箭』。」

「而且我們每天都過得很忙碌呢。」

小詞與小理也感慨地聊了起來。

這點我也一樣，回想起這一個半月所經歷過的事情，也開始有種很懷念的感受。

這段期間，我一邊幫忙做家事，也一邊進行緊迫的讀書行程。

在必須拚出好成績的壓力下，我解決了各種難題，所以也讓每天的日子過得像是一瞬間發生的事。

例如，二月的時候，全校的女生們都到處興奮地喊著「情人節快樂！」「要去告白唷！」

「呀！一定要幸福喔！」，我只能老實地在教室裡的課桌埋頭想著「用功念書！」「用功念書！」「用功念書！」。（順便說一下，那四個學科男孩當時也收到一大堆巧克力！）

不過，也因為這種想法的關係，這段期間我念書的進步幅度比想像中還要大，就連奶奶受的傷也順利地復原中。

一開始我雖然覺得「自己為什麼常常這麼倒楣」，然後陷入低潮，但自從一想到「不能再讓情況繼續惡化下去」後，我面對事情時心情變得比較輕鬆，態度也變得比較正面。

「好～！最後這一個禮拜就來全力衝刺！今天我也要努力念書喔～！」

在感覺到吹來的風日漸變暖和的同時，我走向學校的腳步也變得越來越輕快。

——然而，

**這一天我們卻遇到了比以往還要更難度過的大危機。**

「——在放學前，有一件**重要的事**要通知大家。」

我們的班導川熊老師一走進教室，就臉色凝重地這麼說。

看起來有什麼大事發生了，所以老師的表情才會這麼嚴肅。

班上每位同學也很不安地互相看著彼此。

（……到底是怎麼了？有什麼很嚴重的事嗎……？）

我心裡感到不安的同時，只能專心注視著老師的臉。

「其實我們……上課時數有點不夠。」

**咦？**

老師說的話讓我感到意外。

因為這不是我心裡預想的結果，而且老師還打算繼續說下去。

「去年因為颱風的關係，我們學校曾經停過課。還有運動會我們又用掉很多預期以外的時間練習。而這些因素浪費掉幾個科目趕教學進度的時間，甚至還有可能會沒辦法在學期內上完全部課程。所以我剛才也跟其他老師們討論了這個問題……」

現在教室裡的同學們不斷騷動著。

「該不會要我們假日補課？」

「說不定是補課到第七節課？」

「哎唷，這樣很衰耶……」

大家紛紛交頭接耳，接著老師就乾咳了一聲。

「老師們討論的結果就是……

——下個禮拜舉辦的學年末測驗，我們決定**停止**舉行。」

老師說完後，教室裡立刻歡聲雷動。

「不用考試啦！」

「太棒啦！」

大家開心地交頭接耳。

雖然老師大聲地要每個人安靜，但幾乎無法阻止大家的喧鬧。

不過身處在這樣的喧鬧聲中，

我卻是呈現目瞪口呆的狀態。

「咦……？」

腦裡的運轉難以追上這個現實。

**（停止……考試……？）**

咦？是在說這次的學年末測驗嗎？

停止……停止……？

腦中雖然想要分辨剛才聽到的這個詞，卻很難接受其中的涵義。

因為那個意思是……如果真的變成那樣的話……！

**「請等一下！」**

小計突然站了起來。

「老師，我希望考試能照常舉行！」

他態度有些慌張地對老師抗議。

教室裡每個同學聽到這個要求時，都像是遇到怪人般地一起盯著小計。

「我想提出撤回停止考試的決定。學年末測驗是總結這一年學業的重要考試，我認為不夠用的上課時間，可以用線上教學來代替！」

「呃，這……數學你這樣說，我也沒辦法……」

「我……我也希望可以考學年末測驗！」

我也跟著從座位上站了起來。

我將雙手撐在桌面，眼睛直視著老師。

畢竟這個考試攸關學科男孩們的性命。

我不能眼睜睜地看考試就這樣停止舉行。

「老師，拜託！」

「這個考試對我們來說很重要！」

我跟小計死命地拜託老師。

但老師沒有繼續說話，只是有些尷尬地將眼神撇到另一邊。

就這樣，教室陷入沉默之中。

**「老師。」**

小優在台下舉起手。

「老師，請問能盡量安排課餘時間讓希望考試的同學進行考試嗎？例如，讓參與者利用放學或午休時間等等，分成幾天來進行考試的話，我覺得就能輕易滿足想要考試的要求。」

（……謝謝妳，小優！）

小優的協助讓我產生勇氣，所以我又再次用眼神攻勢來拜託老師。

教室裡的其他同學也都屏住氣息看著我們。

「……」

老師在沉默了一陣子後，就低沉地「嗯……」的一聲。

「……我很欣賞你們對於念書的熱情，而且我也很想尊重你們的意見。……但是，老師們也希望自己有更多其他時間能運用。尤其我們每天在學校工作完後，就沒有太多時間可以陪伴自己的家人。」

老師將自己高大的身體縮了起來。

「不如我在原本考學年末測驗的那一天，將考卷發給每位同學，請各位在家解完題目後，我盡可能在結業式前幫各位打完分數。……這樣的話，你們認為可以嗎？」

「……」

結果，我們也沒有繼續再開口跟老師爭取考試了。

在家寫完考卷，對我們來說沒有任何意義。

因為要是沒有跟其他人一起在公開場合下進行考試的話，學科男孩們的壽命就不能延長。

（沒想到在快要考試前，會發生這種事。）

我已經無言以對了，只是呆呆地站在那裡。

這樣下去……**學科男孩們的壽命就會在一個禮拜內結束。**

# 13 悲傷的「離別」

——放學後。

我並沒有馬上回家，只是失魂落魄地背著書包在街上走著。

男孩們的壽命只剩下**一個禮拜的時間**。

原本我們相信只要在一個禮拜後舉行的學年末測驗中考到高分，男孩們的壽命就有辦法再度延長，所以我們持續努力到現在。

**但是現在卻……**

（竟然會停止舉行學年末測驗……唉，如果一月參加對抗賽那次，我沒有把那本古書搞丟就好了……或許事情就不會變成現在這樣……！）

後悔和混亂的感覺已經搗亂了我的心情。

一個人會讓我覺得孤立無援，但是我現在只想一個人。

我現在不敢回家面對那些男孩們。

**如果回去後看到男孩們的身體變得更透明，又該怎麼辦……？**

只要一想到這個，我就擔心得不敢回家。

（怎麼辦……我到底要怎麼辦才好……？）

於是，毫無頭緒的我只能呆呆地走在路上——。

走到某處後，我忽然停了下來。

（這裡是……）

抬頭一看，紅色的鳥居聳立在眼前。

是正月參拜時跟大家一起來的神社。

「……」

我穿越鳥居，踏進神社院內當中。

（……這裡好安靜啊。）

跟正月時的熱鬧氣氛完全不同。

現在沒什麼人進來參拜，只看到前面有一個老伯伯在散步。

我走在參道上，直直走到功德箱的前面。

雖然我現在身上沒錢……

**咔啦咔啦**

我輕輕地搖著鈴鐺，然後再雙手合十。

（………神明啊，拜託你救救大家。）

我想許的願望就只有這個。

（這個願望已經超出我的能力了。所以祈求神明保佑那些男孩們，可以順利延長壽命。讓他們以後還能跟我生活在一起。拜託……！）

我開始用力捏緊合起來的雙手。

希望能實現我這個願望。

為了實現這個願望，我一直以來都是拚了命在努力。

不管家事、念書我都是拚盡全力在努力。

還有男孩們也是一樣拚命努力著……

（……神啊。我很感謝您賜給男孩們生命。……但是讓考試停止會不會太過分了啊？因為他們的壽命是依照我的考試分數來決定的，如果突然不能考試，他們就會立刻消失，而且我的奶奶也還在受傷中……！為什麼您老是給我這麼困難的考驗啊？）

我心裡開始越想越生氣。

一不小心就變成在跟神明發牢騷。

（因為發生了很多事情的關係，現在那些男孩們就等於是我的家人。可是偏偏卻發生這麼過分的事！……**拜託不要再從我的身邊搶走我最重要的家人！**）

——這個時候。

整個世界突然都變成白色的光芒。

被這個景象嚇到的我馬上將眼睛閉上、身體蜷曲起來。

（……什……什麼？）

除了白光以外，我感受不到任何聲音跟震動。

我害怕地慢慢睜開眼睛。

但是，周圍只能看到一片白色的景象，任何東西都看不到。

（……是不是天氣突然變差了啊……？）

看了一陣子附近後，周遭環境也漸漸變得清楚。

太好了。

我沒有多想什麼，開始隨意看著四周。

就在這時，

（咦……!?）

原本的景色全都改變了。

到剛才為止我明明就是待在神社裡，可是現在我站在的地方……竟然是學校的垃圾場。

而且垃圾場上還有四本課本被丟在那裡。

（……我知道了，原來是夢啊……）

眼前所看到的是我以前見過的光景。

暑假結束後過了幾天……我將數學、國語、自然、社會的課本丟在垃圾場。

——……我不要這種東西了！

我的心開始隱隱作痛。

那個時候我因為媽媽過世，所以在很難過的情形下，把課本隨便亂丟。

我那時覺得自己已經不在乎任何東西了。

現在想想，我實在是很過分。

（……可是我明明這麼過分，那些男孩們還是來到我的身邊。）

那幾本被我丟掉的課本在幾天後，化身成人類的模樣出現在我的面前。

從那天以後，他們也一直持續在我身邊陪伴著我。

而且我也不知不覺間喜歡上他們。

我彎下腰，把那四本課本撿起來。

——就在那個時候。

**「小圓。」**

我的心臟簡直就快要停下來。

身體也反射性地定住不動了。

**（這個聲音是……！）**

屏住呼吸的同時，我的心跳也開始加速了。

我慢慢地、慢慢地轉頭往後看。

——那個站在我身後的人，是媽媽。

**（媽媽……！）**

她就跟我每天思念的媽媽一模一樣。

一見到她，我不由得心頭一緊。

（媽媽……）

雖然無法從嘴裡發出聲音，心裡卻呼喊著媽媽。

媽媽也像是聽到我的心聲一樣，微笑點著頭回應我。

「不知道有多少次像這樣在夢中跟妳見面了？」

媽媽慢慢地對著我這麼說。

那溫柔的說話聲，是我最喜歡的聲音。

我不想只有那一瞬間聽到媽媽的聲音，所以我開始將所有專注力集中在耳朵上。

「『希望小圓可以成為堅強獨立的孩子』……這是媽媽向神明許的願望，也是去了天國後每天祈求的願望。」

媽媽走到我的旁邊，然後停了下來。

她看向的地方，正是那四本課本。

接著媽媽蹲下來，小心翼翼地一本本撿起來。

「不過，我最想實現的願望當然就是陪在小圓的身邊看小圓長大……，但是已經無法實現了…所以，**媽媽才會將這個任務交棒給『他們』**。」

媽媽的話擊中我的內心。

而且媽媽撿起課本的表情看起來充滿憐惜。

但這讓我突然產生不安的感受。

（媽媽……不要……不要這樣……）

噗嗵噗嗵。

我的心臟如同被扭緊般地跳動著。

眼前看著的景色就像是播放慢動作影片那樣——，

**「……小圓，妳收下這個吧。」**

媽媽把課本遞過來。

這個瞬間我有一種預感。

——如果我接下課本，也許從此不能在這種情形下見到媽媽。

今天將會是最後一次見面。

在夢裡與媽媽相見的最後一天——。

（……）

我的身體沒有做出動作。

我不想從夢中醒來。

我希望這個時刻永遠保持下去……。

心裡頭產生出的苦悶感，讓我咬牙閉口不語。

啪啦

媽媽拿著的課本被一陣風吹得翻了開來。

我的視線也隨著課本的方向落下去，結果我看到一段文字。

**花丸圓 100分**

那是媽媽寫在數學課本上的魔法咒語。

同時我也想起小計對我說過的話。

——妳別擔心，我們絕對不會消失的。

（小計……小詞、小理、小歷……！）

一想起大家的瞬間，我的情緒馬上就潰堤了。

也想起我們一起度過的這段日子。

那都是我現在最寶貴及無法取代的回憶……。

（我不希望失去那些男孩……！）

我開始緩緩地讓雙手使出力氣。

雖然指頭還有些發抖。

接下課本後，或許再也看不到媽媽。

雖然我不喜歡變成這樣。

**但是**——！

（……）

我還是將手伸過去接住課本了。

**數學、國語、自然、社會。**

我很珍惜地把這四本課本抱在胸口。

「……小圓，妳變堅強了呢。」

媽媽的聲音從上方傳了下來。

然後我不停地搖著頭。

才沒有這回事，我才不堅強。

都是因為有大家的幫忙……有媽媽的保佑，才會一直努力下去。

我是只有自己一個人就什麼事都做不好的膽小鬼。

**（媽媽……以後也請再來找我。就算我沒辦法在夢中跟妳相見，也請妳永遠陪在我身邊保佑我！）**

拜託。

我使出全身的力量，將課本抱在懷裡。

不過，我的身體已經無法移動。

雖然媽媽距離我幾十公分，但是我連抬頭或搖頭都做不到。

——這個距離，讓我認清了那個無法再次改變的現實。

「……小圓，是否能從此跟男孩們一起生活，是取決於妳自己的決定。妳要下定決心做出選擇。」

媽媽的話直接傳達進我的內心當中。

除了媽媽的聲音，周圍沒有任何聲響。

然後……我感覺媽媽的聲音越來越遙遠。

「這個世界上，就只有小圓妳可以保護學科男孩……。因為他們不屬於其他人，是專屬於妳的課本。」

周圍的景色再次被白光包圍住。

（——等一下！）

我心中如此吶喊。

（媽媽！妳不要走……！）

我越拚命吶喊，就更感覺到媽媽離得越來越遠。

**「……再見，小圓。」**

當我回過神來，就發現自己依然站在神社院內。

同時有一陣風吹拂而來。

這陣風像是宣告春天即將來臨一樣，感覺很溫暖。

**「媽媽……」**

於是我就直接大哭了起來。

# 14 絕對不放棄！

後來我在原地呆站了一陣子。

依然還能感覺到媽媽剛才就在我的身旁。

而且我也不想忘掉媽媽對我說過的每一個字。

之後我找了一個地方，閉上眼睛坐下。

這裡只能聽到樹木搖曳時的聲音。

還有感覺到風吹拂過頭髮。

這些感受都讓人覺得身心舒暢。

……如果能一直像這樣子待在這裡，或許我能活得更輕鬆吧？

**（……但是）**

我用力地擦著雙眼，把頭抬起來。
眼前看到的是現實的世界。
是我現在生存的世界。
雖然媽媽已經不在這個世界上了。
**「……該回家了。」**
我對著自己小聲說。
心裡想著的是他們的笑容和……媽媽說的話。

**——這個世界上，就只有小圓可以保護學科男孩……**
**——因為他們不屬於其他人，是專屬於妳的課本。**

背後像是被這些話支撐起來一樣，我將雙腳踏實的踩住地面。
踏出自己的腳前進。

一步一步地向前邁進。

**別離後，將開創自己的未來**

那個籤紙上說的話，大概就是這個意思。

這是第二次跟媽媽分離了。

……不過，我現在不能停下腳步，要繼續向前進才行。

過去發生的事情雖然無法改變……但是未來會如何發展就要靠自己的努力。

**（……我不能將自己重要的未來交給神明決定。自己的未來就要靠自己的雙手開創！）**

原本緩步走著的雙腳逐漸提昇速度。

接著在不知不覺間，我開始跑了起來。

我不知道為什麼，就只是想要奔跑而已。

同時心裡想著因為媽媽而認識、那些我最喜歡的學科男孩們。

**（……我絕對要保護他們！）**

我絕對要……絕對要保護他們！

**滑一跤**

「哇!?」

**嘶沙——**

我一個不小心，腳踩空摔到河床旁的坡地上。

情急之下吸進的空氣全是草和泥土味。

因為是臉朝下摔倒，所以我的側臉擦傷了。

**「好痛喔……」**

對了，之前好像也這樣摔倒過。

那已經是快要六個月前的事了。

那時候因為小計魔鬼訓練般的數學補習，讓我怕得從家裡逃到這邊。

（好懷念那個時候喔……）

我瞇著眼，用雙手撐地站起來。

**喀沙！**

這時，手邊摸到了某種像是紙屑的東西。

這個紙屑是什麼？……不對，這是海報。

不知道是什麼樣的海報，被風吹到我的身邊。

（……嗯？）

視線隨著往下看向海報，發現上面有個值得注意的事情。

**如果是這個的話……！**

「小圓！」

忽然間，聽到有人大聲叫我的名字。

「妳怎麼跑到這裡啊，我們很擔心妳耶！」

我轉過身，看到小計大口喘氣地跑過來。

同時，小詞、小理、小歷也跟在他身邊。

「大家……」

我一看見男孩們，原本緊繃的情緒就馬上放鬆了。

接著我的眼淚跟著流出來。

「因為圓圓一直沒回家，所以我們才會一起出來找妳喔。」

「哎呀～還好我們有找到妳！」

「小圓，請把眼淚擦乾。跟著我們一起回家吧。」

男孩們你一言我一語，溫柔地哄我開心。

他們這麼體貼的態度，的確也常讓我不小心跟他們撒嬌。

——**但是。**

「謝謝你們的關心，但是……**我現在還不能回家。**」

我邊搖著頭邊靠著自己的力量站起來。

眼前這四位男孩。

……第一次跟他們見面的地方，記得是學校的垃圾場。

從那一天開始，我的人生就出現重大的改變。

——**小詞**

他總是既穩重又溫柔。

不過，偶爾也有很孩子氣的一面，會跟其他男孩互相爭執。

是情感細膩、擁有美麗心靈的男孩。

——**小理**

他個性天真無邪，是我們之中的開心果。
雖然如此，他有時候會突然變成很可靠的男孩，說起話來還會讓人怦然心動。
是一個像太陽般閃耀的男孩。

——小歷

小歷有些輕浮，而且老是愛開玩笑。
但他的心思卻比其他男孩還要成熟，總是以照顧其他人為優先。
是很體貼又很堅強的男孩。

然後就是……

——小計

對於念書的事情他比其他人還要嚴格多了，而且還很嘮叨

但是，他其實是最擔心我、也最為我著想的人，因為他很早就知道我「很想要考滿分」。

雖然他跟別人的對應有些笨拙，但為了達成目標，會費盡全部的心力。

看起來對人很冷漠，但其實總是熱心地幫助我……

「……我很清楚大家眾多完美的優點。但是……我想更瞭解你們，以後也想發現你們更多更多的優點。」

我將自己的手伸過去碰著每個男孩的手。

我能從觸摸中確實感覺到他們的雙手。

——就算手變成透明，我還是能確認他們的手在這裡。

透過這個確實的觸感，我開心極了。

而且是非常、非常地開心。

「所以說我……**決定要去參加考試了。**」

聽了我的宣言後，大家只是很疑惑地**「咦」**了一聲。

「小圓，妳說的要去考試是什麼意思？學年末測驗已經停止了……」

小計皺著眉頭對我這麼說，而我「嗯」地點頭回應。

「所以我的意思是可以去參加學校以外的考試。大家的壽命應該還剩下一個禮拜吧？那在這一個禮拜內，靠我去考試就可以把現在的問題解決了。」

……當然，只靠這個方法也讓我感到不安。

當男孩們開始變透明後，如果沒有學校的考試，就無法幫助他們延續壽命。

還有就是不保證考了就會解決問題，因為那個考試再怎麼說都不是學年末測驗，說不定考了還是一樣無法延續壽命。

但就算如此……

「我絕對不想放棄。就算考這一次無法幫你們延續壽命，我還是會再去找別的考試。除非神明直接過來跟我說『不用再考了』，不然我還是會不斷考下去！」

**我想我能做到的事，一定只有這個了！**

「所以，我們就先到這裡去吧！」

我猛然地挺起身體，然後把剛才拿到的海報，打開給大家看。

海報上面氣勢十足的寫著幾個紅色大字。

**「熱血學院，入學測驗隨時受理中！」**

# 15 用功念書的「理由」

過了數十分鐘後。

我的人就站在熱血學院的大樓前。

跟兩個月前背對大樓時的悲傷心情不一樣，這次我一個人正面直視著大樓。

雖然剛才大家對我說：「我們一起過去吧」，但我拒絕了他們的好意。

因為要是一起過來的話，我一定又會想要依賴他們。

所以男孩們在有點擔心我的情況下，勉強點頭同意我的要求。

『……妳沒問題的，因為還有我們會支持妳。』

出發前往這裡時，小計用這句話鼓勵我。

他正直又認真的眼神，讓我的內心產生出一股力量。

（這次我絕對要……！**絕對要幫大家延長壽命！**）

「……好。」

我再次確認自己的決心後，就前去動手推開熱血學院的大門。

**「請讓我考入學測驗！」**

面對一進門就突然大聲說這句話的我，服務台的大姊姊瞪大眼盯著我看。

「……請問妳要……考入學測驗？」

「我看到這張海報！所以我想要考入學測驗！」

我的呼吸很紊亂，還一邊把海報攤開來放在櫃台上。

大姊姊用手推了自己的眼鏡，很認真地盯著我，對我上下打量。

「……您的意思是希望能進行入學測驗，對吧？那麼請問您的監護人有陪同過來嗎？」

**「我……我是一個人來的……」**

「哎呀，這樣就不行了。請您下次再申請入學測驗吧。」

說完後，大姊姊就轉過頭繼續敲打電腦鍵盤。

我可以感覺到周遭充滿了不歡迎我的氣氛。

不只是櫃台的大姊姊，她身後其他員工、像是老師等人，都用異樣的眼神看著我。

（嗚……待在這裡有夠不好受的………但我必須達成目的……！）

於是我使出力氣將腳步踏穩，再次上前拜託大姊姊。

「請讓我考入學測驗！拜託！」

「我已經說您必須請監護人陪同了。真的很抱歉，我們只能在一週內安排好測驗後，再另外通知府上……」

「我等不了一週的時間！請在今天讓我接受入學測驗！」

「即使您提出這樣請求，但憑我的權限是無法讓您今天接受測驗的。」

「那我要拜託誰才可以讓我今天考入學測驗呢!?」

就這樣，我跟大姊姊互相爭執。

**「——到底是在吵什麼？」**

裡頭突然傳出低沉的說話聲。

辦公室當中有一扇門被打開後，就有一個垂著嘴角、個頭很高大的叔叔走了出來。

**（他……他出現了!!）**

我不由自主地倒抽了一口氣。

因為我不會忘記。

對抗賽的考試遲到時，曾跟這個愛擺架子的班主任見面。

那個時候剛好也是在這個地方。

而且他當時還說了一句讓我不敢反駁的話。

——聽好了，不准妳再進來我們補習班。

那句話正在我的腦中迴響。

（不過……**今天我不會認輸的！**）

「班主任……拜託讓我考試！」

我鼓起勇氣大聲地說，但那位校長表情不悅地挑起眉毛。

「……我記得妳是對抗賽的考試時，那個遲到的笨小孩？」

**「……是…是的。」**

我對於自己用「是的」來回應笨小孩這句話，心裡感到有些不是滋味……不過現在不是想這種事的時候。

雖然有些害怕，但我還是直視著班主任的臉。

「我說……我想要現在就考入學測驗。您看嘛，這個海報上不就寫著『入學測驗隨時受理中！』」

「……是『隨時』，但不是『隨便』。妳的學力還是一樣讓人感到擔心，遲到少女。」

班主任的言語中帶有一些無奈的意味，同時也表現出看不起我的樣子。

他的視線就像針一樣銳利。

被他這種氣勢壓迫下，我變得很難說出話來。

**（不行……我不能在這時候投降，不然我就無法保住男孩們的生命……！）**

我都感覺自己的背後在冒冷汗了。

到底該怎麼辦呢？

在拚命讓大腦運轉後——忽然間，我想到一句話。

「班……班主任，記得您之前有跟我說過一句話，您問我：『妳是為了什麼而讀書？』。」

我再度鼓起勇氣，對班主任反問了這句話。

班主任聽了以後，表情沒有任何變化，只是盯著我的雙眼。

我因為緊張，心跳很用力地跳動著。

雙手也開始不停發抖。

就連呼吸也變得很混亂。

但就算是這樣，我還是不管自己正在顫抖著的嘴巴，想要馬上說服他。

「我……我念書是有自己的理由的……雖然那時候我沒有回答您，但我現在已經知道了。」

班主任的粗眉毛抽動了一下。

**「……喔？」**

他像是回應我般，發出了質疑聲。

我其實是在沒有多思考的情況下，一想到那些話就說了出來。

「……之前媽媽曾經告訴我說。『為了將來對妳說：『我很需要妳』的人，現在努力念書，以後一定能派上用場！』雖然我當時聽不懂……可是在遇到我很重視的人後，我現在已經瞭解這句話的意思了。我念書就是為了幫助我所重視的那些人。」

將這些話說出來後，心中很神奇地變得很安穩。

——說到我念書的理由。

以前是為了要讓媽媽高興。

但後來遇到男孩後，他們對我說「我很需要妳」，所以讓我重新產生用功讀書的念頭。

但是……現在不只是這樣而已。

我的感覺是一種比「想讓人高興而讀書」「為了別人而讀書」還要更大的動機……

我先是吸了一口氣，再挺起自己的身體。

「現在我念書——**就是為了靠自己的手，抓住重要的未來！**」

我希望那些男孩們理所當然地我身邊生活男孩，可以繼續跟我一起笑、一起哭，還有一起成長。

我絕對不會放棄這樣的未來。

**……所以我一定要認真起來用功讀書！**

「……」

班主任先是一陣子不說話。

然後盯著我看，什麼動作也沒有。

在場的其他人也停下自己的動作，安靜地看著我們接下來會如何發展。

他到底會說些什麼呢？

突然間，班主任「嗯」地一聲點著頭。

「……**好吧**，就讓妳進行入學測驗吧。」

「咦!?」

我瞪大著眼驚訝地看他。

**「真的可以讓我接受測驗嗎？」**

「只要我承諾過就不會反悔。反正等一下正好也要進行這個禮拜的入學測驗。雖然正式申請入學測驗要先跟監護人進行面談……不過在我特別的裁量之下，我准許妳在考完測驗後，再另外進行面談的程序。喂，妳帶這個女孩到考場去。」

「啊，是……」

櫃台的大姊姊慌忙地點頭回應。

班主任先是低著頭看了我一下，然後一句話也沒說就轉身走進裡面的辦公室。

「謝……謝謝你……！」

我對著班主任的後背鞠躬道謝。

**（太好了……！）**

雖然不知道為什麼他會准許我考試，不過我終於可以考入學測驗了！

這下總算突破第一道難關啦！

# 16 命運的考試

「請將鉛筆、自動筆、橡皮擦以外的東西放進包包裡面。」

看起來是這間補習班的老師走進考場裡了。

所有接受入校測驗的人，加上我一共有五人。

其中也有看起來年紀比我小的學生。

老師說著考場的注意事項，同時一張一張發下蓋住的考卷題目和答案紙。

**（……沒問題的，只要解題時保持冷靜，絕對能考到好分數……）**

發覺自己開始緊張起來後，我就在心裡這樣對自己打氣。

現在我手裡拿著的是……橡皮擦。

這是遇見那些男孩後，在第一次考試前，他們送給我的禮物。

那個時候雖然是全新的橡皮擦，不過因為一直使用的關係，現在已經變得很小了。

——無論任何人，在考試中都只能靠自己。所以我們希望妳能更相信自己的實力。

我想起那時候小計對我說過的話。

考試的時候，每個人的確都只能靠自己。

在狹窄的空間裡，只能靠自己解開考卷上的問題。

但是……

**「好了，請各位翻開考卷開始作答！」**

隨著監考老師的指示，大家一起將考卷翻開來。

印有問題的試卷一共有四張。

數學、國語、自然、社會，每個科目各一張試卷，規則是要在一個小時內解完全部的試卷。

換句話說，我必須分配寫每個科目試卷的時間，要兼顧確實思考和解答。

現在我冷靜地看著時鐘。

（一小時解完四個科目的考卷，那就是60÷4……15。所以每個科目我要花十五分鐘的時間寫完！）

……好。

我最擅長的國語可以在十五分鐘以內寫完，至於最不擅長的數學則多花一點時間去計算。

既然如此，我決定快一點把國語考卷寫完。

有閱讀文章後回答問題，還有漢字的題目，然後是……

**（啊，這個是……！）**

請在下列的單詞中，分別出和語、漢語、外來語。

①スピード　②速さ　③速度

我馬上就想起跟小詞一起摺衣服時的聊天內容。

（「スピード」確定是外來語。「速さ」單獨一個詞可以理解意思，而且是訓讀……所以是和語！「速度」的讀起來是「ソク」和「ド」，單獨一個字就不能理解意思，兩字合起來屬於音讀……所以這是漢語！）

我很有自信地在國語考卷上解題。

還有，接著的自然、社會也是像這樣。

（考卷上有鱂魚的魚鰭問題！接近臀部的洞就是「臀鰭」！）

（「國內消費掉的糧食量與國內生產的糧食量之間的比率稱為什麼？」……是糧食自給率！）

每當我解開一個問題，就會想起跟大家每天用功讀書的時刻。

雖然同時兼顧家事和讀書讓我覺得很辛苦……但有大家跟我一起努力，我們就能解決所有難題。

**而那時的回憶，現在也已經成為我解題的力量了。**

我的胸口不斷湧現熱切的感受，認真集中精神解題。

（……好，只剩數學了！現在剩下的時間是十八分鐘……跟我預想的對策一樣！）

這樣我就多出三分鐘的時間寫最不擅長的數學考卷。

從這裡開始，再繼續撐下去就行了！

（分數的計算啊……雖然我一直都不太拿手，不過這段期間我練習過很多題目，所以我已經抓到訣竅了。）

算數學講義時，小計也常常在旁邊大聲罵我「太多地方計算錯誤啦！」「妳要好好看清楚有沒有算錯！」。

（這我知道啦！我會看清楚有沒有算錯……）

我在心中一邊這麼說，一邊重新驗算寫好的答案。

**……好，OK了！下一題！**

面積的問題、比例的問題。

在動手解決考卷上所有題目後，我總算要寫最後一個題目了。

我迅速抬頭看著時鐘。

（剩下的時間……還有一分鐘!?）

得快點把最後一個問題解開才行……！

**（啊……！）**

看到題目的瞬間，我倒抽了一口氣。

7.2×1.1

（這個……雖然是小數的計算題，不過可以用11乘以二位數的祕訣……！）

那是在打掃浴室時，小計教我的計算11的乘法。

——因為數字有很多種有趣的法則喔。

我想起當時小計很得意地笑著介紹這個祕訣的模樣。

用普通的計算方式時間上可能會來不及，但用這個方法也許就可以……！

（11和二位數數字的乘法是……先把十位數數字跟個位數數字加起來，然後放在原本的兩個數字之間……所以是792！再接著就是把小數點放在正確的位置……答案是7.92！）

**「——時間到，請將手中的筆放在桌上！」**

寫下最後一題的答案時，監考老師也正好宣布考試時間結束。

**（還……還好趕上時間了……！）**

我鬆了一口氣，同時也放下了鉛筆。

總算在時間結束前，把答案全寫完。

在感受這個達成感的同時，手指也有著腫痛發麻的疲勞感。

「現在將進行考卷的批改，請各位先留在教室等待測驗結果。」

考場的老師說完後，就開始批改起我們的答案卷了。

唰、唰。

教室裡只能聽見老師使用紅筆的聲音，大家也都靜靜地待在現場。

比較神奇的是，我現在不會感到很不安。

比起剛才急著解完題目、寫完考卷的不安感，現在只是愉快地想著這段日子努力念書的情形。

無論任何人，在考試中都只能靠自己……不過我不覺得自己是孤軍奮戰。

——……妳沒問題的，因為妳還有我們會支持妳。

小計說的話，應該就是這個意思吧？

就算他們不在身邊，只要想起在一起的時候，就能感覺到他們正存在我的心裡。

想起跟大家一起相處的時候，就能感到自己正跟他們並肩作戰。

**咔噠！**

在教桌改考卷的老師站了起來。

而我也跟著挺起身子，向前看著。

老師沒有浪費多餘的時間，當場公布大家的考試結果。

「呃～根據批改後的結果，本次測驗合格的四年級生為中田同學、大山同學，完畢。」

咦……

「其他沒有叫到名字的同學，在收下自己的考卷後就可以回家了。回去後請用心檢視自己的答案，我們隨時歡迎各位來重新挑戰喔。」

老師一邊說，一邊走到教室出入口把門打開。

（怎……怎麼沒有叫到我的名字……）

剛才還很安穩的情緒，現在一下子就變得很不安。

（不……不過聽說這間補習班的入校測驗難度非常高，就算我沒有考上，但分數還不至於那麼糟才對……大概吧……）

其他學生站起來垂頭喪氣地往老師的方向走去。

「呃～再來就是五年級的花丸同學，來。」

答案卷無預警地被遞到我的前面了。

在這之後，我背後關上門所傳來的啪噠聲，就像是急著把我趕離教室一樣。

（咦，呃……現在這是……）

因為老師沒說什麼就突然把答案卷遞過來，所以讓我一瞬間不知道該如何反應。

不過，我馬上就「啊」地一聲回過神。

對……對喔！要看**分數**！

然後我立刻低頭看著答案卷。

**國語……五十八分**

**自然……四十六分**

**社會……四十二分**

**數學……四十分**

「太……太好啦！」

我開心地突然大聲歡呼。

好厲害喔。

全部科目都超過四十分了！

這次真的是、真的是**打破我最高的得分紀錄！**

（沒想到……我這次真的考到這麼好的分數……！）

因為幾個月前，數學都只能考到七分不及格的分數……但沒想到這次竟然考超過四十分了。

我不可置信地再三確認考卷分數，全科目的的確確是超過四十分以上了。

「哇～好棒！太好了太好了太好了！」

我開心極了，所以也不由自主地當場歡呼。

**「到底在吵什麼？」**

忽然附近傳來聲音。

原來是班主任帶著奇怪的表情走在走廊上。

「妳給我安靜。我說妳啊，從教室走出來，是不是這次測驗沒有及格啊？」

「是的，沒有及格！但我全部科目分數打破了我最高得分紀錄了！我真的太開心了！」

我繼續歡呼的同時，頭上傳來聽起來有些無奈的嘆氣聲。

「真受不了……讓妳直接考入學測驗，結果妳卻沒考及格。所以我才會常常說不喜歡像妳這樣的笨小孩。」

班主任用無奈的表情，搔著自己的頭。

然後，班主任又用很難聽清楚的音量碎碎唸。

「不過……接受考試的表情倒是蠻不錯的。」

我疑惑地看向班主任，想確認他在說什麼，但班主任只是說了「沒事」後就撇過頭不理我。

「好了，妳快回去。那四個人從剛才就一直坐在大樓前，我真怕給我們惹麻煩。他們應該是妳帶過來的吧？」

四個人……？

我驚訝地倒抽一口氣。

**（難道是那些男孩們？）**

「今天真的很謝謝班主任！」

我大致地鞠躬道謝，然後拔腿衝出走廊。

## 17 出現在眼前的第一行字！

我心裡已經等不及了，所以走樓梯時是用跑的。

（男孩們的身體不知道變怎麼樣了？如果這次的考試沒讓他們延長壽命，就得趕快找其他考試來考……！）

**啪噠！**

我幾乎像是用身體去撞開大門，就在下一個瞬間——。

「哇！」

身體因為保持向前衝的姿態，因此肩膀上的書包裡飛出一本書。

那個是……關於付喪神的那本書!?

（哇～！等一下等一下……！）

還是快點減速吧，要是反而出了什麼意外，到時候麻煩就變大了！

我著急地把掉在地上的書撿起來，這時我倒抽了一口氣。

**此得命之物如與人產生牢固之聯結**

「咦……？」

那本書掉在地上翻開的一頁寫著這些字。

就是整頁模模糊糊、亂七八糟的那一頁的右邊……出現了一行字。

現在我可以清楚讀出一段文字了。

「變……變成這樣了……」

在我驚訝地看著的時候，我忽然聽到有吵雜的腳步聲快速接近。

是男孩們用一臉發生大事的模樣衝了過來。

**「小圓！」**

「小圓！」

**「圓圓！」**

「小圓！」

「各位，你們來啦……!?」

**「小圓，請快看這裡！」**

我幾乎沒看過小詞這麼著急地說話。

其他男孩也一樣正對著我，並且一起把自己的手伸出來給我看。

**「……啊……！」**

我的呼吸簡直要停住了。

——我看到男孩們的手都有確實可分辨的輪廓。

無論我從哪個角度去看，他們的手都完全沒有透光。

黃昏的陽光直接照在他們的手上，就連皮膚都看起來光芒四射。

「大家的手……都變回來了!?」

「沒錯，剛才突然就變這樣啦！」

「這一定是圓圓這次考試很努力的關係！」

小歷和小理開心地笑著。

「……」

我心裡雖然有事想說，但現在卻不知道該講什麼。

（太好了……！真的是太好了！）

我兩手摀著嘴巴，眼睛用力閉了起來。

……不過還是得注意一下時間，別一直高興下去。

「所以咧？妳考得怎麼樣？妳考幾分啊？」

小計在旁邊催促著，他等不及想要知道我的考試分數。

「啊，對了！」

我要趕快給男孩們看！

然後我迫不及待地把抓在手裡的答案卷打開來給大家看。

「鏘！**我打破以前最高的得分紀錄了！**」

「喔喔！！！」

大家一起發出歡呼聲。

「小圓，妳太厲害啦！」

「圓圓，太好了！」

「真不愧是小圓，這是努力下的成果呢！」

男孩們都笑得很開心。

看到他們比我還要高興的表情，也讓我的心情變得越來越好。

「太好了！幸好大家都恢復正常了！壽命應該也有延長回來吧！」

「是啊，我們每個人在某種程度上延長一些壽命了。我們獲得可以撐到新學期的時間了。」

鬆了一口氣的小計這麼說。

對喔，大家要一起升上六年級了……！

**（……咦？）**

我突然覺得一些地方很覺得奇怪。

我歪著頭問：「你說『某種程度』、『獲得』是什麼意思？你不是能清楚知道期限是到『哪一天』？」

這次考試的分數每一科都是四十分以上，所以應該可以讓他們增加四十天的壽命。

記得小計也說過「我只剩下四十天的日子，妳新學期第一次的考試可別給我出差錯！」雖然我覺得那是為了激勵我才故意那樣講。

但我還是覺得很奇怪，所以馬上跟小理問了這個問題。

「跟以前不一樣，其實我們已經沒辦法清楚感覺到數字了。」

**「咦？」**

這個答案讓我有些吃驚。

沒辦法清楚感覺到數字……這是怎麼回事？

我睜大眼睛感到疑惑，而小詞也接著對我說明。

「正如小圓妳說的一樣，我們之前可以具體地知道『還剩下幾天』，但是在身體恢復正常後，這種能力也同時消失了。」

「不過對我來說啦，反而覺得這樣的結果很好～。沒事就清楚地知道自己的壽命還剩倒數多少天，那種感覺其實很糟耶。」

小歷搔著頭苦笑。

不過，小計卻托著自己的下巴，表情看起來對這個變化有些煩惱。

「……這樣的話，**『壽命等於考試分數』的公式已經完全消滅了吧？**」

小計自顧自地在旁邊碎碎唸。

「不知道這是不是改變規則，或者打從一開始規則就不是『壽命等於考試分數』……但不管怎麼樣，我們還是要重新擬定以後的生存計畫。目前可以掌握的關鍵，果然還是這本書吧？」

小計一邊說，一邊將視線看向我的手邊。

他的話才剛說完，我才想起有事要跟大家說。

「啊！對……對了！大家聽我說！其實……」

我說完自己開始能看懂那一頁的第一行文字後，大家展現出既驚訝又期待的表情。

我用筆將那一頁的第一行文字寫在筆記本後，小詞也馬上就開始翻譯意思給大家聽。

「『此得命之物如與人產生牢固之聯結』……其中的意思應該是『如果有人可以和產生出生命的物品締結堅強的關係』吧？」

有人可以締結堅強的關係……

「所以……『有人』是指，我嗎？」

小詞低著頭思考。

「或許正是如此也不一定。因為這一頁之前的文章是『物品雖能生其命而化為人，但若有桎梏約束其身，則人形無法永存』。如果再把這一句接上去，全部的意思就是『就算物品在誕生出生命後能成為人類，但只要被規則限制住，就無法一直保持人類姿態，但如果有人可以和產生生命的物品締結堅強的關係』。」

那……那然後會怎樣！？

「如果真的有人會那樣的話……那以後又會怎樣？」

「至於想完全讀懂這一頁，我想還是只能靠小圓繼續努力了。」

呃……這麼說也沒錯啦……

看來現在也只能用著急的心情，看著那奇怪的一頁了。

總覺得這本書……常常會在剛剛好的地方讓我沒辦法看懂耶。

明明重要的部分就快要出現在眼前，卻老是像差那麼一點點就能用手勾住般，實在很讓人感到挫折。

「不過，可以確定的就是我們的生命已經跟小圓締結了強烈的關係。」

小詞一邊說，視線一邊落向筆記本。

「是啊。我們果然真的是圓圓的課本呢。」

「就是說啊，我們現在能站在這裡都是多虧了小圓。」

小理和小歷邊說邊笑著點頭。

本來表情還有點嚴肅的小計也開始放鬆了一些。

「我看要放心還早得很，現在我們還有一堆無法理解的地方……不過這次能多看懂一行，的確是踏出了很大的一步。」

很大的一步。

這句話大大地觸動了我的心情。

隨著書上出現一行全新的訊息後，我又再次確認到這些男孩的祕密跟我有很大的關聯。

這一步，也是全新開始的一步。

我得要繃緊神經，努力解讀接下去的文章。

當我握著拳頭這麼想時——忽然間，

「——小圓，這麼努力很棒喔。」

聽到微弱的說話聲。

我嚇得抬頭往上看，眼前的景象讓我驚嘆不已。

**「哇……！」**

因為頭上的天空居然展現出一片閃亮輝煌的金色光芒。

實在太漂亮了，根本不像是存在於這世上的東西似的。

（媽媽……）

心中這麼呼喊著的同時，我的心頭也像揪住一般，開始難過了起來。

已經沒辦法再見面了。

但是——。

（……我會繼續努力的。所以要好好看著我喔！）

我閉著嘴巴抬頭看，並且對著白雲微笑。

同時，吹來一陣暖風。

一邊感受著媽媽溫柔的視線，一邊往前邁進。

我的身邊也有我重視的家人。

雖然我不知道未來會如何發展……但是只要有大家在我身邊，我就什麼也不怕。

**「──好了，我們回家吧！」**

於是，我們一起走在回家的路上。

被夕陽染成橘黃色的鎮上，有我們五人前往車站時的嬉鬧身影。

「白天持續的時間越來越長，現在能感受春天到來的氣息了。」

小詞瞇眼看向天空。

聽了他的話，我點點頭並且抬頭看著天空。

「真的是這樣呢，前不久大概五點的時候就已經天黑了。」

冬天再過一段日子就會結束，即將迎來春天。

雖然今年的冬天發生很多麻煩事……不過也因為那些事，讓我在這段日子裡過得非常充實。

在我沉浸回憶的當下，小歷興奮地過來搭話。

「欸欸，說到新學期就會提到換班級了！這次我一定要跟小圓同一班～！」

小理也開心地接著說。

「六年級的自然課會教到關於人體的知識！到時也差不多會在課堂上用到人體模型了！我好期待可以跟大家一起玩那個喔！」

咦？人……人體模型！？

那個我實在是不太喜歡耶……

一想到人體模型我就有點怕到發抖，但是小計接下去說的話更是讓我整個人抖到不行。

「現在離新學期剛好還有一個月的時間，既然六年級的學習範圍會一下子變得很難，那就從今天開始先預習六年級的課業。我會用最嚴格的標準緊盯著妳、鞭策著妳，所以妳要做好心裡準備。」

最嚴格、緊盯、鞭策……

**嗚嗚……**

「請……請你手下留情……」

春天、新學期、六年級生。

這些從大家口中說出的詞彙，讓我的心情雀躍了起來。

我想將來一定會有許多很有趣的事情在等著我！

說不定，我也會認識新的同學……？

我的心中對此有滿滿的期待，同時也讓我輕快地邁出了腳步。

**吱**

「咦……？」

我轉過身，確認一下是否有誰的視線投在我的身上。

這是怎麼回事？

**總覺得有一種奇怪的視線正在看著這邊。**

「小圓，妳怎麼啦？」

小計覺得我的舉動有些奇怪，所以出聲叫住我。

（……是我的錯覺嗎？）

我搖搖頭，然後轉過頭再次走在回家的路上。

# 後記

大家好，我是一之瀨三葉！

雖然這次難得用新年參拜的場景作為故事開場，而我呢，每次新年參拜都一定會去喔。順便說一下，今年（令和三年）我去新年參拜時所抽到的籤可是「大吉」喔！

也許我今年會有好事發生吧!?

我看我寄出去的那些抽獎明信片也差不多該中大獎了吧？？（希望我能抽中電動玩具，哈哈）

話又說回來，對我來說最棒的禮物還是大家寄給我的粉絲信，還有角川出版的翼文庫官網捎給我的讀者訊息，就算我的抽獎沒中，我也一樣天天都開心。真的很謝謝各位給我的鼓勵！

也因為大家的加油打氣，我們的學科男孩系列終於要進入新的篇章！

成為六年級生的小圓和學科男孩們，究竟還會遇到什麼樣的故事發展呢！敬請大家期待！

好了，我們就在下次的故事再見吧。

# 下回預告

小圓：（到底是誰用奇怪的視線看著我……？）

小計：喂！別站在那裡發呆。就算現在終於能夠放心，但到了新學期妳可別又開始恍神下去。

小理：新學期了耶！好期待唷！上課還會學到新東西呢。

小歷：而且大家還會換班級喔！

小圓、小計：！！！

小詞：若是大家能在同一班就更好了呢，小圓。

春天！　新學期！　六年級生！

更讓人嚇一大跳的就是——

**新的學科男孩即將登場！？**

**敬請期待《倒數計時！學科男孩》第六集！**

# 倒數計時！學科男孩⑤——道別的時刻!?一決勝負的期末考


作　者——一之瀨三葉
繪　者——榎能登
譯　者——王榆琮
主　編——王衣卉
行銷主任——王綾翊
內文校對——陳怡璇
書籍設計——Anna D.
書籍排版——唯翔工作室

總編輯——梁芳春
董事長——趙政岷
出版者——時報文化出版企業股份有限公司
108019台北市和平西路三段二四〇號
發行專線——（〇二）二三〇六六八四二
讀者服務專線——〇八〇〇二三一七〇五
（〇二）二三〇四七一〇三
讀者服務傳真——（〇二）二三〇四六八五八
郵撥——一九三四四七二四時報文化出版公司
信箱——一〇八九九台北華江郵局第九九信箱

時報悅讀網——http://www.readingtimes.com.tw
電子郵件信箱——yoho@readingtimes.com.tw
法律顧問——理律法律事務所　陳長文律師、李念祖律師
印　刷——勁達印刷有限公司
初版一刷——二〇二三年十二月二十九日
初版三刷——二〇二四年七月八日
定　價——新台幣三〇〇元

時報文化出版公司成立於一九七五年，
並於一九九九年股票上櫃公開發行，
於二〇〇八年脫離中時集團非屬旺中，
以「尊重智慧與創意的文化事業」為信念。

倒數計時!學科男孩. 5, 道別的時刻!?一決勝負的期末考/一之瀨三葉文；榎能登圖. -- 初版. -- 臺北市：時報文化出版企業股份有限公司, 2024.01

256面；14.8×21公分

ISBN 978-626-374-780-7（平裝）

861.596　　112021674

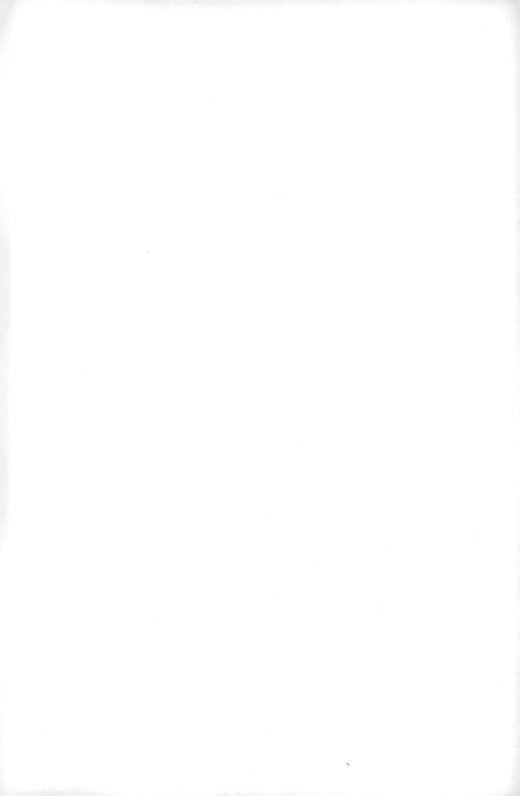